日雇い浪人生活録九

金の色彩

上田秀人

時代小説文庫

角川春樹事務所

本書は、ハルキ文庫のための書き下ろし作品です。

目次

江戸のお金の豆知識⑨

駕籠の料金例

江戸時代、陸上の移動手段はひたすら歩くのが主流で、徒歩以外は駕籠か馬だった。しかし、市中で馬に乗れるのは武士だけで、駕籠も身分によって使えるランクが決まっていた。人口の大部分を占める庶民が使ったのは町駕籠(辻駕籠)で、急病人や医者・僧侶、女性の夜道などに使用された。主な駕籠の利用者といえば、姿を隠して行き来したい吉原通いの客が多かった。値段が高く、若旦那が使うと「勘当箱」と呼ばれた。

町駕籠

1里(約4キロ)につき約400文

通常、駕籠は前後2人で舁《か》いた。1里を1時間ほどで走り、駕籠かき1人あたり200文ということになるが、多くは親方から駕籠を借りていたため、労力からすると低賃金だった。このため、駕籠かきは「酒手《さかて》」と呼ばれるチップをもらうと威勢よく走った。

道中駕籠

*例1 小田原から箱根湯本(約15.5キロ):300〜400文
*例2 箱根湯本から箱根の関所手前(約15.2キロ):750文
*例3 箱根湯本から三島(約33キロ):2朱

街道や箱根の山道などで使われた。街道筋での代金はあまり記録に残っていないが、市中の値段よりもかなり安かった。大まかな相場のなかでその都度交渉されていたと考えられている。荒くれ者が担ぎ手となることも多かった。

※同じ資料から事例を拾うのは困難であるため、複数の資料を参考にしました。

主な登場人物

諫山左馬介《いさやまさまのすけ》……日雇い仕事で生計を立てていたが、分銅屋仁左衛門に仕事ぶりを買われ、月極で用心棒に雇われた浪人。甲州流軍扇術を用いる。

分銅屋仁左衛門《ふんどうやにざえもん》……浅草に店を開く江戸屈指の両替屋。夜逃げした隣家（金貸し）に残された帳面を手に入れたのを機に、田沼意次の改革に力を貸すこととなった。

喜代《きよ》……分銅屋仁左衛門の身の回りの世話をする女中。少々年増だが、美人。

徳川家重《とくがわいえしげ》……徳川幕府第九代将軍。英邁ながら、言葉を発する能力に障害があり、側用人・大岡出雲守忠光を通訳がわりとする。

田沼主殿頭意次《たぬまとのものかみおきつぐ》……亡き大御所・吉宗より、「幕政のすべてを米から金に移行せよ」と経済大改革を遺命された。実現のための権力を約束され、お側御用取次に。

お庭番……意次の行う改革を手助けするよう吉宗の命を受けた隠密四人組。明楽《あけら》飛騨《ひだ》、木村和泉《いずみ》、馬場大隅《おおすみ》と、紅一点の村垣伊勢《むらがきいせ》（＝芸者加壽美《かずみ》）。

佐藤猪之助《さとういのすけ》……もと南町奉行所定町廻り同心。御用聞きの五輪《いつわ》の与吉《よきち》に十手を預けていた。家士殺害の下手人として左馬介を追い、失職の挙げ句、入牢。

表デザイン　五十嵐　徹
（芦澤泰偉事務所）

日雇い浪人生活録◇九

金の色彩《いろ》

第一章　縄張りの重み

一

将軍の一日は、判で押したように同じことを繰り返す。

明け六つ（午前六時ごろ）に起こされ、部屋の掃除をしているなかでの洗面、結髪《けっぱつ》、着替えをすませ、毎日同じ朝餉《あさげ》を喰《く》いながら、医師の診断を受ける。

食事を終えたら上《かみ》の御錠口《おじょうぐち》を通って大奥にある仏間へ向かい、先祖への礼拝をおこなう。そこで大奥の女中たちの挨拶《あいさつ》を受けてから中奥へ帰り、政務が始まる。

「あうわあああ」

幼少のころ患《わずら》った熱病の後遺症で、言語不明瞭《ふめいりよう》となった九代将軍家重《いえしげ》に、政務は執《と》れない。

「任せるとのご諚《じょう》である」

「遺漏《いろう》なきようにいたせと仰《おお》せじゃ」

小姓《こしょう》として子供のころから仕えてくれているお側用人《そばようにん》の大岡出雲守忠光《おおおかいずものかみただみつ》だけが、家重の意思を推察できる。

老中たち役職の者たちとの遣《や》り取りは、大岡出雲守忠光がすべてを取り仕切った。

午前中の執務を終え、昼餉をすませた後は、眠るまで好きにできる。

「あう、ひゃで」

「墨と筆を用意いたせ」

酒も好まない家重の唯一といえる趣味が絵である。

毎日のことだけに、大岡出雲守の反応も早い。

「ただちに」

御休息の間に控えていた小納戸《こなんど》が、急いで用意に取りかかる。

「………」

絵のなかでも家重は鳥を好んで描いた。

季節によっては、わざわざ鳥を見るために、浜《はま》の御殿《ごてん》まで出かけたり、紅葉山《もみじやま》でひたすら待つ。

「お出かけではございませぬので」

しばらくしてお側御用取次《ごようとりつぎ》の田沼主殿頭意次《たぬまとのものかみおきつぐ》が顔を出した。

「あうむ」

家重が鴨《かも》の絵を描きながらうなずいた。

「あうまう」

「かまわぬゆえ、話せとの仰せでございまする」

家重の発音を大岡出雲守忠光が訳した。

「かたじけのうございまする」

田沼意次が喜んだ。

「昨日、会津《あいづ》藩の留守居役《るすいやく》と申す者が、屋敷に参りまして、先代さまがご遺言なされました米から金への転換について、わたくしの手伝いをしてくれておりまする両替商を御用商人にして取りあげようとする言動をいたしましてございまする」

実際に会津藩留守居役高橋外記《たかはしげき》と会ったのは田沼意次ではなく、用人の井上《いのうえ》であったが、報告は受けている。

田沼意次が会津藩の余計な手出しを、家重に報告した。

「あう」

「どうしたいのだとお訊《き》きでございまする」

顎《あご》をしゃくった家重の本意を大岡出雲守が伝えた。

「お任せをいただきたく」

会津藩は幕府にとって格別の家柄であった。

会津藩の祖保科肥後守正之《ほしなひごのかみまさゆき》は、二代将軍秀忠《ひでただ》の四男、つまり三代将軍家光《いえみつ》の異母弟にあたる。将軍にもっとも近い分家であり、家光の信頼を受けた保科肥後守は、今の大老よりも権力を持つ大政委任《たいせいいにん》という、将軍代理を務め、四代将軍家綱《いえつな》の治世を補佐した。

その功績をもって、会津藩は松平《まつだいら》の名跡《みょうせき》と二十三万石という大領を与えられている。

今でこそ、将軍一門は幕政にかかわらないとの慣例に従って無役であるが、その影響力は、お側御用取次の及ぶところではなかった。

「うむ」

好きにしろと家重がうなずいた。

「かたじけのうございまする」

楽しみを邪魔したと一礼して、田沼意次が家重の前からさがった。

「さて、思い知らせてくれようか」

田沼意次が口の端を吊《つ》り上げた。

浅草《あさくさ》門前町の両替屋分銅屋仁左衛門《ふんどうやにざえもん》も、やはり怒っていた。

「終わったはずの話を、他所《よそ》へ漏らした馬鹿を狩り出さねば、気が済みません」

分銅屋の用心棒を務める浪人諫山左馬介《いさやまさまのすけ》のことを高橋外記へ売った奴《やつ》がいる。左馬介は分銅屋仁左衛門の商売敵《がたき》だった加賀屋《かがや》に踊らされた旗本の家臣から狙われ、命の遣り取りをさせられた。結果は左馬介が勝ち、家士は死んだ。

いかに襲われたからの返り討ちだとはいえ、浪人が旗本の家臣を殺したとなれば、ただではすまない。いや、まちがいなく死罪になる。

そこで分銅屋仁左衛門と田沼意次が手を尽くして、左馬介を隠した。

ようは、家臣の死を上意討ちの結果だと偽ったのだ。

しかし、それに喰いついた町奉行所同心《どうしん》がいた。家臣の身体《からだ》に刃物傷がなかったことから、同心佐藤猪之助《さとういのすけ》は、鉄扇術《てっせんじゅつ》を遣《つか》う左馬介に疑いを向け、しつこく追い回した。

その佐藤猪之助がようやく片付いたところに、高橋外記である。

左馬介が家臣を殺したと知っている者は少ない。佐藤猪之助とその手下、御用聞きの五輪《いつわ》の与吉《よきち》たちくらいである。

もちろん、十手《じって》を預けてくれていた佐藤猪之助の没落を受けて、与吉たちも分銅屋仁左衛門の軍門に降《くだ》っている。

つまり、漏れるはずのないものが漏れたのだ。

分銅屋仁左衛門が、舐《な》められたと怒るのも当然であった。

「布屋《ぬのや》の親分に来てくれるように頼んでおくれ」

店出入りの御用聞きを分銅屋仁左衛門が呼びつけた。

「お呼びで」

布屋の親分が息も荒く駆けつけてきた。

御用聞きというのは、毎月旦那として指示を仰いでいる町奉行所の与力、同心から決まった手当をもらってはいない。いつ来ても飲み食いできるよう、八丁堀《はっちょうぼり》の組屋敷に飯とおかずと酒が置かれているのと、ときどき思い出したようにもらえる小遣いだけしかない。

そんな状況で、配下の下《した》っ引《び》きの面倒を見て、縄張りを維持するなど不可能である。

それでも十手持ちになりたがる連中があとを絶たないのは、余得《よとく》にあった。

「いつもお世話になりありがとうございまする」

縄張り内にある商家から、節季《せつき》ごとに金が渡される。これは、なにかあったときには、よろしくお願いしますとの意を含んだもので、商家の規模によって金額は変わるが、分銅屋ほどの大店《おおだな》となると、年に十両は出す。

これらの金があるおかげで、御用聞きは配下を養い、贅沢《ぜいたく》な生活を送れるのだ。

「役に立たない」

こう見切られれば、出入りは許されなくなる。

「分銅屋さんが、布屋の親分を見限ったそうだよ」

「よほどのことをしたようだ」

「では、うちも出入りを変えようか」

浅草門前町で両替商を表看板にしながら、金貸しを営んでいる分銅屋仁左衛門の影響力は、大きい。

布屋の親分が飛んできたのも当然であった。

「忙しいところを悪いね、親分。これは足労賃《そくろうちん》だよ」

労《ねぎら》いの言葉を口にした分銅屋仁左衛門は、いきなり五両という金を差し出した。

「こいつは……ありがたくちょうだいいたしやす」

一瞬戸惑った布屋の親分だったが、出入り先の出したものを断ることはできない。

ていねいに頭をさげて、布屋の親分が金を受け取った。

「親分、最近の御用聞きというのは、質が落ちたね。ああ、もちろん親分のことじゃないよ。他のお人のことさね」

「……それはっ」

穏やかに告げる分銅屋仁左衛門が誰のことを指しているかなど、布屋の親分もわかる。

「一度納得しておきながら、その約束を破るなんぞ、御用聞きとして信用できないどころか、人としていかがなものだろうかね」

「……最低でございまする」

同意を求められて否定できるはずはなかった。

布屋の親分がうなずいた。

「ところで親分さん」

「へい……」

呼びかけられた布屋の親分が緊張した。

「縄張りを拡《ひろ》げる気はありませんかね」

「なっ」

言われた布屋の親分が、絶句した。分銅屋仁左衛門が言う縄張りがどこのことを示しているのかわかったのだ。

「親分で何代目でしたか」

「……曾祖父《そうそふ》の代からでござんすから、四代目になりやす」

布屋の親分が答えた。

「跡取りさんはおられましたね。おいくつで」

「今年で十八歳になりやした」

「もう、そんなに。立派な跡取りさんがおられるなら……いかがです、今の縄張りを息子さんに譲って、親分さんは新しい縄張りの面倒を見ては」

分銅屋仁左衛門が誘いをかけた。

「……………」

布屋の親分が息を呑《の》んだ。

「お手伝いはいたしますよ」

「……ですが、縄張りはそう簡単にいきませんでしょう」

御用聞きの縄張りは、人と人の繫《つな》がりで維持されている。商家から金をもらう代わりに、縄張りに入ってきた悪を排除するのが御用聞きであり、十手はその行為を正義だと位置づけるためのものであった。

十手を持っているだけで、後ろに江戸町奉行所がついている。御用聞きの縄張りを奪うというのは、町奉行所を敵に回すことになる。そうなれば、布屋の親分の十手は取りあげられてしまう。

布屋の親分が乗り気にならないのは当然であった。

「佐藤猪之助でございましたか。あやつの後釜《あとがま》は決まりましたか」

「決まりやした。一度ご挨拶をいただきましたので」

分銅屋仁左衛門の質問に布屋の親分が首肯《しゅこう》した。

「そのご挨拶なんだけどね、五輪の与吉にもなされたかねえ」

「なされたはずで。もっとも影響を受けるのが、与吉の親分になりやすから」

確認した分銅屋仁左衛門に、布屋の親分が告げた。

十手を預けるというには、それだけのかかわりがいる。佐藤猪之助と五輪の与吉も、何十年とつきあい、血の繋がり以上の絆《きずな》を持っていた。

旦那と呼ばれる町奉行所役人と御用聞きの間には信頼関係が要《い》る。でなければ、一種の公権発動でもある十手を預けたりはしない。

「五輪の与吉にそれだけの信頼があるとでも」

「今までの実績が……」

「実績ねえ」

分銅屋仁左衛門が口の端をゆがめた。

「新しい旦那に、実績というのはどれだけの価値があるんだろうねえ。この分銅屋仁左衛門を怒らせたよりも重いか、どうか」

「分銅屋さん……」

布屋の親分が息を呑んだ。

二

吉原《よしわら》の遊女屋で高橋外記は居続けていた。

「金は会津藩へ回してくれ」

「へい」

遊女屋にとって、会津藩は取りっぱぐれのない相手である。もともと吉原でも五指に入る名見世《みせ》山本屋は、会津藩の出入りである。

留守居役はとくに接待の関係もあり、山本屋は高橋外記の顔をよく知っていた。

「後で客が来る。最上級のもてなしをせねばならぬ」

「お任せを」

山本屋の主《あるじ》芳兵衛《よしべえ》は、喜んで請《う》けた。

「いいか、相手はまだ偉くなったばかりで、そう遊んではいないはずだ。これぞ吉原だという、夢心地の宴《うたげ》をしてくれ」

高橋外記はこの接待で、田沼家の用人井上を自家薬籠中《じかやくろうちゅう》のものとするつもりであった。

「刻限は七つ（午後四時ごろ）、お迎えの駕籠《かご》は昼八つに着くようにな」

「ということは八つ半（午後三時ごろ）には、用意をいたしておかねばなりませんな。揚屋《あげや》はここでよろしゅうございますか」

吉原の遊女屋は、最下級の端《はし》と呼ばれる妓《おんな》以外を見世で抱かせなかった。見世から少し離れた揚屋と呼ばれる貸座敷まで、遊女を呼ぶのがしきたりであった。

「ああ、ここで頼む。昨夜もこやつが寝かせてくれぬゆえ、ちとうたたねをしたい」

高橋外記がしなだれかかっている遊女の太ももを撫《な》でた。

「きゃああ」

遊女が嬌声《きょうせい》をあげて、身をよじった。

「わかりましてございまする。では、少し前に声をかけさせていただきましょう。湯の用意もさせておきまする」

「悪いの。では、頼む」

手を振って高橋外記が、遊女を夜具の上へ押し倒した。

「…………」

一礼して、山本屋芳兵衛が部屋を出ていった。

接待で迎えの駕籠を出す。これは最上級の扱いになる。

「よろしゅうございますか」

「うむ」

客の許可を受けて、駕籠かきが走り出した。

吉原に駕籠で入れるのは、医者と坊主だけである。大名であっても、吉原大門《おおもん》前で駕籠から降りなければならない。

「おいでなさいやし」

「山本屋というのはどこだ」

駕籠を降りた客が、吉原番所の忘八《ぼうはち》に問うた。

「ご案内いたしやす。どうぞ」

忘八が客を案内した。

「お客さまでござんす」

山本屋の暖簾《のれん》を忘八があげて、客を通した。

「高橋さまより伺っておりまする。どうぞ、こちらへ。お手数でございますが、吉原のしきたりでございまする。お腰のものをお預かりさせていただきたく」

「うむ」

客がうなずいて両刀を渡した。

「では、どうぞ」

山本屋の主が、客を二階の座敷へと先導した。

「お見えでございまする」

「おおっ、お通ししてくれ」

主の声かけに、座敷のなかから応答があった。

「どうぞ」

廊下に座った主が、襖《ふすま》を開けた。

「邪魔をする」

客が入った。

「ようこそ……」

歓迎の言葉を発しようとした高橋外記が唖然《あぜん》とした。

「貴殿は、どなたじゃ。井上さまと違う」

客の顔を見た高橋外記が驚いた。

「井上は、つごうが合わなかったのでな。拙者《せっしゃ》が代わりに参った」

「田沼さまのご家中《かちゅう》の方か」

告げた客に高橋外記が問うた。

「家中といえるのかどうか。主殿頭じゃ」

「へっ……」

田沼意次の名乗りを聞いた高橋外記が、間抜けな声を出した。

「余に用があるのだろう」

まだ事態を呑みこめていない高橋外記を、田沼意次が促した。

「えっ、田沼さま、主殿頭さまで」

「そうだと申したであろう」

まだ衝撃から立ち直っていない高橋外記に田沼意次が述べた。

「まさか、そんな」

「よくそれで留守居役が務まるの」

おたついている高橋外記を見て、田沼意次があきれた。

「用がないのならば、帰るぞ」

田沼意次が背を向けて、ようやく高橋外記が吾《われ》を取り戻した。

「お、お待ちを」

ここで帰られたら接待は失敗になり、高橋外記は罰を受ける。

内証《ないしょう》の厳しい会津藩はなんとかして、二万両という金が要る。その金で新田開発をおこない、藩政を立て直したいのだ。

最初、高橋外記は旧藩士の息子である左馬介を伝手《つて》として、分銅屋仁左衛門から金を引き出そうとして失敗している。

「上様の御手元金を下賜《かし》願いましょう」

失敗を取り戻そうと考えた高橋外記は、将軍から金をもらおうと提案し、そのために家重の信頼厚い田沼意次を動かそうとした。

「しくじったときは、責めを負わせる」

高橋外記のしようとしていることは、蛇の巣穴に手を突っこんで卵を盗もうとするようなものである。

いかに将軍の血筋である会津藩とはいえ、田沼意次という権力を怒らせてはまずい。

「そのときは家禄《かろく》を半分お返しする」

それでも高橋外記は引かなかった。成功すれば、留守居役から用人、家老へと出世が待っている。当然、加増もある。

高橋外記は、田沼意次と分銅屋仁左衛門のかかわりをまな板にのせることで、優位に立ち、交渉をまとめるつもりで、面識のできた田沼家用人の井上を接待に呼んだのだ。

だが、そこに来たのは田沼意次本人である。

高橋外記は気を呑まれていた。

「話を、話をさせていただきたく」

高橋外記が焦った。

「忙しい。さっさと申せ」

田沼意次が、高橋外記に命じた。

「貴家と浅草の両替商分銅屋とはご関係がおありでございましょう」

「出入りを許しておる。それがどうかしたか」

高橋外記の確認に、田沼意次が認めた。

「分銅屋におる浪人のことは……」

「存じておる」

どのていど知っているというのを田沼意次は口にせず、うなずいた。

「あの浪人は下手人《げしゅにん》でございまする」

下手人とは人殺しを意味する。

高橋外記は左馬介を人殺しだと断じた。

「ほう、下手人とはおだやかではないの。証拠はあるのか」

田沼意次が興味を見せた。

「話しておるのを聞きましてございまする」

「そうか。では、余ではなく町奉行所へ申すがよいぞ」

証人がいると言った高橋外記に、田沼意次が勧めた。

「よろしいのでございまするか。貴家出入りの商家から縄付きが出ることになりまするが」

高橋外記がわかっているのかと、念を押した。

「出たらの話であろう。そなたが町奉行所へ訴え出たところで、町奉行所が動くとはかぎらぬし、たとえ一度は事情を聞いても、罪に問うかどうかはわかるまい」

「下手人でございますぞ」

人を斬って天下を統一した徳川家ではあるが、人殺しには厳しい。事情で多少の勘案はされるが、基本下手人は死罪、あるいは遠島《えんとう》になる。八代将軍吉宗《よしむね》によって、連座はされなくなっているが、もし左馬介が罪になれば、雇っていた分銅屋仁左衛門に影響が出る。

「当家の出入りは遠慮いたせ」

今までの得意先がなくなる。そうして、累《るい》を避けるのだ。また、そうしなければ痛くもない腹を探られることになる。

「事情を調べたのか」

田沼意次が高橋外記に尋ねた。

「じ、事情でございまするか」

高橋外記が困惑した。

「その浪人が、なぜ下手人と言われるようになったのか、その経緯《いきさつ》を調べたかと問うておるのだ」

「……いいえ」

「そうか」

首を左右に振った高橋外記に、田沼意次が嘆息《たんそく》した。

「頭が悪いくせに、こすっからしい智恵《ちえ》は働く。どうせならば、その裏まで確かめてから、話をすればよいものを」

「…………」

塵《ごみ》を見るような目の田沼意次に、高橋外記が震えた。

「無駄足であった」

田沼意次が部屋を出ていった。

「裏を調べてから……」

残された高橋外記に、もう田沼意次を止めるだけの気力はなかった。

三

商家の用心棒というのは、なんでも屋でもある。

「すいません、諫山さま。台所のお勝手戸が、外れそうで」

分銅屋の女中喜代《きよ》が、諫山左馬介に申しわけなさそうに頼んできた。

「どれ、見てみましょうぞ」

雇い主は分銅屋仁左衛門であるが、左馬介の食事は喜代が出してくれる。喜代の機嫌を損ねれば、飯の盛りが少なくなったり、おかずの魚が小さくなったりしかねない。

左馬介は嫌がる素振りも見せず、勝手戸に触れた。

「……なるほど。これは蝶番《ちょうつがい》の一つが錆《さび》でやられたようでござる」

左馬介が側で見ている喜代に告げた。

「直りましょうか」

「蝶番はござろうか」

さすがに錆びた蝶番の再生は無理である。新しいのはないかと左馬介が訊いた。

「余っている蝶番はございません」

喜代が首を横に振った。

家を建てるだけでなく、補修も出入りの大工の仕事になる。鍛冶屋《かじや》に頼んで、一から作ってもらわなければならない釘《くぎ》や蝶番などを置いているところは、寺社や武家屋敷は別にして、商家ではまずなかった。

「親方のところへ頼みに参ろうか」

左馬介が気を遣った。

「そうしていただくと助かります。けれど……」

用心棒の仕事ではないと喜代が二の足を踏んだ。

「かまいませぬ。どうせ、明るい間は仕事もそうそうあるわけでもなし」

手を振って、左馬介は裏木戸から外へ出た。

「……異状はないな」

用心棒としての習性で、左馬介は裏木戸の周囲の地面を観察した。梯子《はしご》を置いた跡とか、足跡の方向や数、地面を掘り返した跡などがあるかないかは、その店が狙われているかどうかの大きな指標になる。

満足した左馬介は、そのまま表通りではなく、辻《つじ》の奥へと足を運んだ。

分銅屋仁左衛門に雇われる前は、大工や左官の手伝いで生計を立てていた左馬介である。分銅屋出入りの大工が誰かはよく知っていた。

「ご在宅かの」

「ご在宅なんてがらじゃねえよ」

左馬介の訪《おと》ないに、大工の棟梁《とうりょう》が苦笑した。

「久しいな、棟梁」

「おや、諫山の旦那じゃねえですか。どうなさったんで……もし、分銅屋さんをしくじったというなら、明日から手伝っていただきやすが」

「勘弁してくれ。分銅屋をしくじったら、浅草にはおられぬ」

からかった大工の棟梁に、左馬介が手を振って頼んだ。

「まあ、そうでやすな」

棟梁が笑った。

「で、どうなさったんで」

「じつはの……」

問われた左馬介が、用件を告げた。

「分銅屋さんの台所勝手口、その蝶番でござんすか」

ちょっと待ってくれと棟梁が、分銅屋と書かれた大きな帳面を探し出し、なかを確認しだした。

「……蝶番は上でした、それとも下。まさか両方じゃござんせんよね」

錆びて使いものにならなくなったのは、どの蝶番かと棟梁が訊いた。

「上であったぞ」

「そいつぁ……」

棟梁の顔が険しくなった。

「帳面には、三年前に台所勝手口は扉ごと交換したとありやすねえ」

「三年前……それはまずい」

大工の手伝いで糊口《ここう》をしのいでいたこともある。三年で蝶番が錆びたなど、棟梁の名前にかかわる大事であった。

「このことは、旦那に」

「いいや。女中の喜代どのに頼まれて、拙者が見ただけ」

確認した棟梁に、左馬介が答えた。

「諫山先生、恩に着やす」

棟梁が安堵《あんど》した。

「鍛冶屋のやろう、出来の悪いのを寄こしやがった。おいらを舐めてかかりやがったな。ただじゃおかねえ」

棟梁が怒った。

「……棟梁、そっちは後でやってくれ。今日中に勝手戸をどうにかしてもらわないと、用心棒としては困る」

店への出入り口が開いたまま、夜を迎えるなど、用心棒にとって悪夢である。

「急ぎやす。おい、手の空いてる奴ぁ、付いてこい」

棟梁が大声を出した。

「用意でき次第に走りやすので」

「頼んだ」

今日中になんとかするという言質《げんち》を取った左馬介は、棟梁の家を出た後、少し大回りをしながら分銅屋へと戻ることにした。

「会津藩だったとはの」

浪人した理由も、どこの生まれかも言わずに死んだ父の思いを左馬介は初めて理解した。

「己《おのれ》に罪がないにもかかわらず、藩の内証が厳しいからと放逐《ほうちく》される。忠義を尽くしてきた藩から、不要だと言われたのだ。さぞや悔しかったであろう」

左馬介にとって、会津は見たこともない土地であった。愛着も懐かしさもなにもない。はっきり言ってどうでもいい。

しかし、それに変化が出だした。

「決して足を踏み入れはせぬ」

左馬介は会津を憎むとまではいかないが、嫌いになっていた。

「といったところで、江戸から出ることはないが」

いのだ。

旅は憂《う》いものとされていた。夜までに宿を確保しなければならないため、嫌でも歩かなければならず、雨が降ったり、風が吹いたりしても歩みを止めるわけにはいかな

宿は高く、金を出さなければ汚いし、扱いも悪い。

喰いものも食べ慣れていない。これを珍味と取るか、喰えないと思うかはそれぞれであろうが、左馬介のように食べられることが幸せだという浪人には、高い金を出して合わないものを喰うなど、無駄金である。

「藩士として復帰させてやる」

恩着せがましく口にした高橋外記だったが、将来の保証はしなかった。左馬介を復帰させるための条件が、分銅屋仁左衛門から二万両という金を無利息、無期限で貸し出させるというものであった。

つまり、分銅屋仁左衛門が金を出せば、左馬介のことなどどうでもいい。

金は借りたほうが勝つ。

「返したくとも金がない」

そう言われれば、取り立てることは難しい。なにせ相手は将軍家の一門大名なのだ。

「なにとぞ、お裁きを」

分銅屋仁左衛門が借財を返してくれぬと評定所《ひようじようしよ》へ訴え出たところで、老中たちは受け付けもしてくれない。

これがそこらの外様《とざま》大名、あるいは要路にない譜代《ふだい》大名ならば、まだ評定所で取りあげられ、証文の検《あらた》めくらいはある。

しかし、徳川家の一門となると、そうはいかない。

評定所へ呼び出されたというだけで、大名にとっては不名誉になる。

「金を返しておらぬとか」

「それだけ内証が厳しい」

たちまち江戸城内で、噂《うわさ》が飛び交う。

「金がないところと縁を結ぶのはの」

大名同士の縁というのはなかなかに面倒なものであった。

「少し、ご援助を」

「いささか融通をお願いいたしたい」

血縁関係にある大名からの頼みは、無下《むげ》にできない。

「情けのないお方じゃ」

「あのように冷たい家と縁を結んでも、なに一つとくにはならぬ」

金を貸すのを渋れば、それがまた悪評になる。

返ってくる保証はないのに貸すか、断って周囲の評判を落とすか、碌《ろく》なことにはならないと評定所へ呼び出された大名は見られる。

しかし、家光の弟を祖とする名門を、そんな目に遭わすわけにはいかない。

つまり、分銅屋仁左衛門は泣き寝入りになった。

当然、会津藩は遠慮しない。再仕官できたと喜んでいる左馬介を、もう一度放り出すくらい、平気でやる。

生まれついての浪人で、一文、二文の金のため、毎日汗を流した左馬介である。これくらいの予想は付く。

「たしかに武士という身分にあこがれはする」

主君を持たない浪人は武士ではなく、庶民として扱われた。ただ仕官を待っているという体裁があるから、両刀を帯びることを黙認されているだけである。

「なにより、禄があれば、明日の米を心配しなくていい」

浪人はいつどうなるかわからない。毎日仕事にありつけるとは限らないし、少し長雨でも続けば、いきなり干上がる。また、病にでもなれば、医者にかかる金などあるはずもなく、死を待つだけになった。

「明日も喰えるとわかれば……嫁を迎えられる」

左馬介がつぶやいた。

男である以上、女を欲するのは摂理である。性欲の発散だけでなく、己の子を産んでくれる相手を望むのは、浪人にとって贅沢な夢であった。

「諫山」

考えごとをしながら、浅草門前の通りを進んでいた左馬介を呼び止める声がした。

「どなた……これは高橋どの」

左馬介の前に高橋外記が立っていた。

「分銅屋どのに会わせてくれ」

高橋外記が泣くような顔で、左馬介にすがりついた。

「はあ……」

わけがわからない左馬介が戸惑った。

「頼む。分銅屋どのに」

「店に行かれれば、おられるはずでござる」

同じことを繰り返す高橋外記に左馬介が述べた。

「門前払いをされたのだ」

「……まさかっ」

会津藩の留守居役を門前払いするなど、左馬介には考えられないことであった。

「まさかではないわっ」

驚いた左馬介を、態度を一変させた高橋外記が怒鳴った。

「こ、この儂《わし》を、会津藩留守居役のこの儂を、たかが商人が会わぬと拒んだのだぞ」

高橋外記が左馬介の胸ぐらを摑《つか》まんばかりの勢いで迫った。

「お平らになされ、お平らに」

こんな人通りの多い辻のまんなかで、侍と浪人がもめては、衆目が集まる。

「これが落ち着いておられるか」

「わかりましてござる。とりあえず、店に戻りまして、分銅屋どのに事情を訊いてみますゆえ」

見世物になるよりましだと、左馬介が折れた。

「なんとかいたせ」

「…………」

命令のような口調の高橋外記に、左馬介は黙った。

四

　その様子を女お庭番村垣伊勢《にわばんむらがきいせ》が、柳橋芸妓加壽美《やなぎばしげいぎかすみ》の姿で見ていた。

「なんともはや、なにかに取り憑《つ》かれているのではないか。また、絡《から》まれておる」

　村垣伊勢が、左馬介と高橋外記の遣り取りにあきれていた。

「会津藩留守居役が、諫山になぜ」

　高橋外記の話を聞いた、村垣伊勢が首をかしげた。

「後で、諫山を締めあげよう」

　村垣伊勢が口の端を吊り上げた。

「ふふふふ」

　楽しそうに村垣伊勢が、笑った。

「男というのは、どうしてああも隠しごとができぬのかの。ちいと乳《ちち》を当ててやるか、尻《しり》で乗ってやれば、たちまち口が軽くなる」

　村垣伊勢が高橋外記に引きずられるように連れていかれる左馬介を見た。

「しかし、最近のあやつは前ほど露骨《ろこつ》ではなくなった。先日長屋まで来ていた分銅屋の女中か……。ふむ、このままではあやつを操れぬことになるやも知れぬ」

村垣伊勢が、独りごちた。

高橋外記の愚痴をずっと聞かされながら、左馬介は浅草門前町を歩き、ようやく分銅屋へ着いた。

「ただいま、戻りましてござる」

裏口から出て、表から入るのが左馬介のやり方である。浪人が分銅屋に入ることで、用心棒がいるぞと盗人《ぬすっと》や強請集《ゆすりたか》りを考えている無頼《ぶらい》どもに、警告を発しているのだ。

「おかえりなさいやし」

顔なじみの手代《てだい》が、左馬介を迎えた。

「主が呼んで……」

伝言を言いかけて、手代が黙った。

「諫山先生」

手代が高橋外記に気づき、連れて入った左馬介を咎《とが》めるような目で見た。

「そこで捕まったのだ」

申しわけなさそうに、左馬介が詫《わ》びた。

「番頭さん」

手代が己では貫禄《かんろく》が足りないと、店を預かる番頭に声をかけた。

「……さがっていいよ」

嫌そうな顔をしながら、番頭が手代と交代した。

「高橋さまでございましたか。畏《おそ》れ入りまするが、当家へのお出入りはご遠慮願いまする」

番頭が慇懃《いんぎん》に腰を屈《かが》めながら、手だけで外を指さした。

「きさま、会津藩士たる拙者に、出ていけと……」

高橋外記が番頭を怒鳴りつけた。

「ここは分銅屋でございまする。会津さまとはなんのかかわりもございませぬ」

番頭が平然と返した。

分銅屋仁左衛門が店を任せるに足りるとして、引きあげた番頭である。武士に凄《すご》まれたくらいで怯《おび》えるはずもなかった。

「主を出せ、主を。諫山」

高橋外記が左馬介へ矛先《ほこさき》を変えた。

「と申されてもな。分銅屋どののつごうもある。それに拙者は分銅屋に雇われている身であるし」

左馬介が困惑した。

「きさま、商人ごときに尾を振って恥ずかしいと思わぬのか」

「まったく」

高橋外記の指摘を左馬介は平然と受け流した。

「生きていかねばならぬ。なにもしなくとも禄をもらえる身分ではないのでな」

浪人は一日一日が、恐怖であった。

朝、目が覚めるという保証もない。起きても雨が降っていれば、日雇いの仕事にはありつけない。働かなければ金が入らず、飯が喰えない。飯が喰えなくなれば、力が出なくなり、仕事もまともにできなくなる。そうなってしまえば、次の日から声をかけてくれる職人はいなくなり、仕事にありつけなくなる。

左馬介は仕事を得られず、飢えて死んだ者を何人も見てきた。死んだ後も使い古した醬油樽《しょうゆだる》に放りこまれ、経もあげてもらえず投げこみ寺に捨てられる。

浪人は死んでからも差別されるのだ。

命というものの安さを左馬介はよく知っていた。

「………」

左馬介の言葉の持つ重さに、高橋外記が黙った。

「い、いや、拙者も命をかけておる」

なんとか高橋外記が気を取り直した。

「このままでは藩邸に帰れぬ」

「知ったことではございませんな」

店の騒ぎに分銅屋仁左衛門が出てきた。

「旦那さま」

「分銅屋どの」

番頭と左馬介が決まり悪そうにした。

「おおっ、分銅屋」

高橋外記が喜んだ。

「諫山さま、いかがでございました。棟梁は」

「……すぐに来てくれるそうでござる」

台所の勝手戸のことを知られている。一瞬、口ごもった左馬介だったが、すぐに答えた。

「大事ございませんよ。失敗は誰にでもあること。問題は、その失敗を取り返せるかどうかということと、二度と繰り返さないことでございましょう」

「たしかにそうだが、凡人には難しいぞ。同じ失敗はよくする」

分銅屋仁左衛門の話に、左馬介がため息を吐《つ》いた。

「ああ、それは失敗を甘く見ているからでございますよ。このていどなら大したことはない。これくらいなら取り返せる。こんなこと誰でもやることだとね」

「………………」

黙って聞いた左馬介に、分銅屋仁左衛門が続けた。

「本気ではない。だから、頭に、心に入らない。これが命を失うほどの失敗だったら……ここでまちがえば死ぬとわかっていたらいかがです」

「それならば、失敗しまい」

死ぬとわかっていて気を抜く馬鹿はいない。左馬介が述べた。

「そういうことです。商いの取引は、いつも命がけ。一度の失敗で店が潰《つぶ》れることもある。すべてを失って、首を吊らなければならなくなることもある。どのようなときでも緊張して商いに取り組める者だけが、店を大きくできる」

「……へい」

諭《さと》された番頭が頭《こうべ》を垂れた。

「お侍さまも同じ。戦場《いくさば》で失敗は許されません。敵を舐めてかかって、首を獲《と》られたら終わりのはずです。己の命はもちろん、家も潰れましょう。まさに命を削って、生き延びるのが戦場。かつての武士はそうであったはず」

　ちらと分銅屋仁左衛門が高橋外記を見た。

「それに比して、今のお武家さまはどうですかね。田沼さまのようなお方は珍しい。お役目のために命をかけ、どのようなときでも気を抜かれぬ。上様が重用されるのも当然。お武家さまが、皆《みな》田沼さまのようであれば、政《まつりごと》になんの心配も要りませぬ。ですが、現実は違いましょう。先祖の功績でいただいた禄を当たり前のように受け取っていながら、それに応じた苦労をしない者ばかり」

「きさまっ、無礼であろう」

　揶揄《やゆ》された高橋外記が怒った。

「大体、禄で得られる範疇《はんちゅう》で慎《つつ》ましく生活していれば、借財なんぞできるはずはございません。身に添わぬ贅沢をするから、金が足りなくなる。足りなくなるのは、まあよろしい。ただ、それを漫然と続けているのは馬鹿としかいいようがございませんな。足りないと知ったなら、次から足りるようにすればすむこと」

「失敗に学んでおらぬか」

　分銅屋仁左衛門の言いたいことを左馬介は理解した。

「命を獲られることはないと思いこんでおられる。商人から金を借りても、返さなければいけないと心底思っていない。たかが商人、少し脅せば引っこむだろうとか、格別の家柄だから御上《おかみ》が守ってくださるだろうとか……商人の金をなんだと思っているのでしょうね。遊んでいて蔵の金が勝手に増えるとでも思っているのでしょうか。米でもお百姓さんが、蒔《ま》き、手入れをしなければ稔《みの》らないというのに」

「…………」

哀れみの目で見られた高橋外記が黙った。

「しかし、よくぞ諫山さまの前に顔を出せたものですなあ。諫山さまのことを田沼さまに讒言《ざんげん》したというに」

「……うっ」

高橋外記が詰まった。

「拙者を浪人と見下しておるのだろう。生きるために商人へ尾を振る犬とな」

「犬ですか。どっちがそうなんでしょうねえ。禄という餌《えさ》がないと、吠《ほ》えることもできない駄犬は」

「ぐっ、言わせておけば……」

犬は武士に対する最大の侮蔑《ぶべつ》である。矜持《きょうじ》の高い高橋外記が、怒りに任せて太刀《たち》を抜いた。

「それはならぬ」

すっと左馬介が分銅屋仁左衛門をかばうように動き、帯に差してあった鉄扇を振った。

「邪魔をするな」

抜いた太刀を高橋外記が、左馬介に向けて振った。

「……あれ」

手応《てごた》えのなさに高橋外記が怪訝《けげん》な顔をした。

「刃がない刀でなにを斬ると」

分銅屋仁左衛門が嘲笑《ちょうしょう》した。

「なにを言って……」

言われた高橋外記が己の刀を見て絶句した。

高橋外記の太刀が、鍔元《つばもと》からなくなっていた。

日本刀はすさまじい切れ味を生み出すために極限まで薄くなっている。それでいて中心に軟鉄を使用しているため、折れにくい。

とはいえ、それは刃から力が加わったときの話であり、刀身の腹を叩《たた》かれたら弱い。

ましてや、左馬介が手にしている鉄扇は、肉厚な鉄板を使用したいわば鉄の棒のようなものである。これに思い切りはたかれては、よほどの名工が鍛えた業物《わざもの》ならばまだしも、普通の太刀が耐えられるはずはなかった。

「刀が、刀が……ない」

高橋外記が唖然とした。

「落ちていますよ、あなたの足下に」

分銅屋仁左衛門が氷のような声で告げた。

「足下……あっ」

下を向いた高橋外記が折れた白刃が土間に突き刺さっているのを見つけた。

「な、なんということをした、きさま。先祖伝来の刀を……」

高橋外記が左馬介に文句を付けた。

「それは筋が違いましょう。あなたが抜いたから、叩かれた。太刀を抜かなければ、折られずにすんだ」

「なんだとっ」

「人を殺そうとしたのでございますよ、あなたは。もし、諫山さまが動かれねば、わたくしが斬られていた。もし、鉄扇を振るわなければ、諫山さまにあなたの刃が食いこんでいた。違いますか」

「ぶ、無礼討ちじゃ」

冷静に責める分銅屋仁左衛門に、高橋外記が威を張って見せた。

「無礼討ちねえ」

分銅屋仁左衛門があきれた。

「認められるかどうか、一度ご評定所へ訊いてみましょうか」

「…………」

高橋外記が黙った。

武士に無礼を働いた町人は、討ち果たしても罪にはならない。これが無礼討ちである。たしかに名分としては認められているが、実際に無罪放免となった例はあまりに少なかった。

当たり前である。これを認めれば、飲み食いや商品を手にしていながら金を払わずに店を出ようとした武士を引き留めた主や奉公人まで、斬り殺すことができてしまう。

「武士の身体に触れるとはなにごとぞ」

また、言うことを聞かない女にも同じことができる。

「意に従わぬとはなにごとであるか。武士の誘いを断るとは無礼千万」

こうなっては、秩序もなにもあったものではない。

かといって武士を庶民より上に置いているのだ。無礼討ちを禁止することはできない。そこで幕府は、無礼討ちを許すのと認めるのは違うという対応を執った。

「そのていどのこと、無礼ではない」

「武士はそのすべてを主君に捧《ささ》げている。吾《わ》が憤《いきどお》りだけで刀を抜くなど、武士にあるまじき浅慮《せんりょ》である」

幕府は無礼討ちとの言いわけを潰し、庶民を斬った者を罪に問うてきた。

「よくぞしてのけた」

「それでこそ、武士である」

かといって無礼討ちをすべて不許可としたわけではなかった。

主君を辱《はずかし》められたとき、主家の名前に傷を付けられたときは、無礼討ちを認めた。

当たり前だが、今回の高橋外記の行動は無礼討ちにはあたらなかった。

「ぐっ」

「それとも田沼さまに申しあげましょうか。会津さまのご家中の方に殺されかかりましたと」

悔しそうな表情をした高橋外記に分銅屋仁左衛門が追い討ちをかけた。

「お帰りを。次にお出《い》でになられたときは、即座に田沼さまにご報告いたしまする」

「…………」

慇懃無礼な態度で、分銅屋仁左衛門が高橋外記に出ていけと告げた。

「このままにはすまさぬ。覚えておれ」

「おや、覚えていてよいのでございますか」

捨てぜりふに分銅屋仁左衛門が笑った。

「覚えていたならば、つい口にするかも知れませんなあ。わたくしが御出入りをさせていただいているのは、田沼さまだけではございません。ご老中さまとも」

「…………」

唇を噛《か》んで口を無理矢理つぐんだ高橋外記が、もう一度分銅屋仁左衛門を睨《にら》んでから、去っていった。

「すまぬ」

左馬介が高橋外記がいなくなるなり、頭をさげた。

「まったくですな。諫山さまの人の好《よ》さにもほどがありまする。あなたさまを売ろうとしたのでございますよ、あやつは」

分銅屋仁左衛門が憤った。

「父の知り合いだったというのがなあ……だが、もう吹っ切れた」

首を横に振りながら、左馬介が残された高橋外記の刃を引き抜いた。

「しかし、よく折れたものだ」

今更ながら、左馬介が震えた。折れていなければもちろん、中途半端な折れ方をしたならば、左馬介の身体にこの刃が食いこんでいた。

「おや、偶然だったので」

そのつぶやきを聞いた分銅屋仁左衛門が目を大きくした。

「分銅屋どのを守らねばならぬと思う間もなく、身体が動いていた」

「おやおや。それはそれは」

首を左右に振りながら述べた左馬介に、分銅屋仁左衛門が表情をやわらげた。

「喜代、茶を淹《い》れておくれな。諫山さまのぶんもだよ」

うれしそうに分銅屋仁左衛門が、奥へ向かって声をかけた。

五

布屋の親分は、分銅屋仁左衛門の怖《おそ》ろしさをあらためて嚙みしめていた。

「馬鹿にしやがって」

その恐怖を、分銅屋仁左衛門に牙《きば》を剝《む》いた浅草寺《せんそうじ》辺りを縄張りにしている御用聞き五輪の与吉を罵《のの》ることで、布屋の親分は薄くしようとしていた。

「だからといって、黙って縄張りを奪うのはなあ。周りがうるさい」

縄張りは権益なだけに、いろいろと面倒であった。

親子、兄弟などの身内で譲り合うときは、さほど問題にはならないが、赤の他人となると口出しをする者が一気に増えた。

まず、縄張りを接している御用聞きが苦情を付けてきた。

遠く離れて手間がかかるようなところならまだしも、隣接する縄張りというのは誰でも欲しい。ましてや、それが浅草寺を抱える繁華なところとなると、余得も大きい。

「なんで、おめえが縄張りを受け継いだんだ。おめえじゃなくて、おいらのほうが宿《やさ》が近い。こっちに寄こせ」

という強引なものから、

「縄張りは認めるが、ちょっと気を遣ってくれ。境を接するんだ、機嫌良くつきあいたいじゃないか。どうだろう、うちと隣り合っている何々町を分けてもらえないか」

という交渉を持ちかけるものまで出てくる。

「まあまあ。おいらに任せな。悪いようにはしねえよ」

そういった連中ともめていれば、それをいい鴨《かも》だとして口出しをしてくる町奉行所の役人もいる。

言うまでもないが、そんな仲裁口に乗ったらひどい目に遭う。

「交渉するのに、手ぶらというわけにもいかねえだろう」

金を要求するのはもちろん、

「吉原で女を抱かせればすむ話だ」

さんざん遊んだ飲み食いの代金を押しつけてもくる。

「よし、これでいいな。嫌なら、こっちにも考えがある」

引っかき回すだけ引っかき回して、最後は、己のつごうを押しつけてくるのだ。

「こういった連中も、分銅屋さんは押さえてくださるんだろうが……」

分銅屋仁左衛門が持ちかけた話だけに、そのあたりの遺漏はないと布屋の親分は信じている。

「まったく……」

とはいえ、収入は増えるだろうが、面倒はその数倍抱えこむことになる。

布屋の親分が、すぐに飛びつかなかったのはそこにあった。

「とはいえ、断ることは難しい」

断ることはできるだろうが、そうしたとき布屋の親分は分銅屋仁左衛門と敵対とまではいかなくとも、疎遠になる。

「少しばかり融通を」

家を建て替えるだとか、息子の襲名だとか、娘の嫁入りだとかで、不意の金が要るときに頼っていけなくなってしまう。

「まったく、馬鹿にもほどがある」

もう一度布屋の親分は、五輪の与吉を罵った。

「……この辻を曲がった三軒目、木版土産《みやげ》の店だったな」

布屋の親分が角を曲がった。

浅草は江戸でも指折りの人気を誇る。毎日浅草寺には何百をこえる参拝客が来る。そのなかには、江戸へ遊びに来たという者もいる。

そういった物見の連中に浅草寺の四季の風景や、吉原の売れっ子遊女の絵姿などを描いた木版画を土産として売る店を、五輪の与吉は女房にさせていた。

「邪魔をするぜ、与吉の親分はいるかい」

布屋の親分が店に入った。

「これは、布屋の親分さん。うちの人なら奥で」

五輪の与吉の妻は、もと吉原芸者だっただけに、実年齢よりもはるかに若く見える。

「相変わらず、美人だな」

その艶《あで》やかさを布屋の親分が褒《ほ》めた。

「嫌ですよ、こんなお婆《ばあ》さんをからかっちゃ」

女房が照れた。

「あがっていいかい」

「どうぞ。おまえさん、布屋の親分さんがお見えだよ」

訊いた布屋の親分にうなずきながら、女房が奥へと声をあげた。

「おう」

「悪いな、休んでいるところを」

奥といったところで、すぐ隣である。

女房への返事をした五輪の与吉が、寝ていた身を起こすより早く、布屋の親分が顔を出した。

「気にしねえでくれ」

「そうさせてもらおう」

手を振った五輪の与吉の前に、布屋の親分が座った。

「……分銅屋か」

布屋の親分の渋い顔を見た五輪の与吉が口にした。

「わかっているなら、なんで馬鹿をした。一度は納得したはずだぞ」

「つい魔が差したとしか言いようがねえ。あの浪人のことを聞きたいという侍が来たことで、我慢できなくなった」

五輪の与吉がうつむいた。

「少しは考えろ。分銅屋さんを敵に回して、勝てるわけなかろうが」

「おいらの名前が出るとは思わなかった。あの侍がしゃべったのか」

叱《しか》った布屋の親分に五輪の与吉が尋ねた。

「手下《てか》たちも外させて、二人きりの密談にしたというに」

「口止めが侍に通じると思っていたなら、おめえは底抜けのお人好しだ。あいつら、おいらたちとの約束なんぞ、端《はな》から守る気なんぞねえ」

ため息を吐《つ》いた五輪の与吉に布屋の親分があきれた。

「で、分銅屋はなんと」

「……身を退《ひ》け」

「隠居しろと言うのかっ」

布屋の親分の口から出た言葉に、五輪の与吉が激発した。

「なにさまのつもりだ。おいらは十手を預かっているんだぞ。どれほど分銅屋が金を持っているかは知らねえが……」

「虚勢を張るな。わかっているはずだ。たかが十手を預かっているだけのおいらたちが、敵《かな》う相手じゃねえと」

怒っている振りだと、布屋の親分は見抜いていた。

「………」

五輪の与吉が黙った。

「町奉行所の同心だった佐藤さまでさえ、分銅屋さんの前には勝てなかったんだぞ」

「……ああ」

言われた五輪の与吉が頭を垂れた。

「布屋の、今までのつきあいに免じて、口を利いちゃくれめえか」

五輪の与吉が、分銅屋仁左衛門との仲介を布屋の親分に求めた。

「悪いな」

布屋の親分が首を横に振った。

「なんとかしてやりたいのは山々だが……二度目だぞ、おめえ」

「最初は佐藤の旦那に言われて……」

一度は許されても二度は無理だと告げた布屋の親分に、五輪の与吉が言いわけをしようとした。

「二度目は、おめえの考えだろう。これが逆なら、まだ言いつくろいようもあるが」

難しい顔を布屋の親分が見せた。

「しかし……」

「縄張りを拡げたくないかと言われた」

「……げっ」

その意味を悟った五輪の与吉が絶句した。

「金は出してくださるそうだ。町奉行所への手回しもしてくださるとよ」

「布屋の……おめえ、それを受けたのか」

「受けざるを得まいが。断ってみろ、今度はおいらが分銅屋さんから睨まれる」

「…………」

声を荒らげた五輪の与吉だったが、布屋の親分の返事に言葉を失った。

「知らん顔で手を回すのは、さすがに仁義に欠けると思って、話をしに来た。黙って退いてくれ。その代わり、隠居の元手となる金くらいは、なんとかしてもらってやる」

まとまった金を分銅屋仁左衛門から出してもらうようにすると、布屋の親分が約束した。

「……………」

がっくりと五輪の与吉が肩を落とした。

「三十年だ」

五輪の与吉がつぶやくように言った。

「先代の親分のもとに使い走りで入ったのは、十二歳のときだった。小遣いもなにももらえず、ただ言われるように走り回った」

「……………」

無言で布屋の親分が聞いた。

「六年やって、やっと親分の縄張り周りに供を許された。一日付いて回って、ご苦労さんと渡された金が二十文だった」

そこに二十文あるかのように、五輪の与吉が右手を開いた。

「鉄の十手をもらえたのは、二十五歳になって半年ほどしてからだったな。兄貴分が一人、家を継ぐことになって下っ引きを辞めた後釜だった。錆《さび》の浮いた傷だらけの十手だったが、あれはうれしかった」

五輪の与吉が小さく笑った。

町奉行所の与力、同心から預かる十手は銀の鍍金《めっき》がされている。これは死人の口のなかに突っこんで、毒かどうかを銀の変化で見破るためだ。この銀鍍金の十手は、御用聞きの親分だけの特権で、それ以外の岡っ引きたちには、鉄で十手の形に作った鋳《い》物《もの》が渡されるのが普通であった。

「それからは毎日辛抱《しんぼう》だった。親分は六十歳になっても隠居しねえもんだから、兄貴分たちがどんどん辞めていった。五十歳で下っ引きだなんぞ、恥ずかしくて親戚に顔も出せねえ。いつまでも小遣いでは喰えない。そう言って兄貴たちが去った。おかげで下っ引きの古手になれた」

五輪の与吉の思い出話が続いた。

「おいらも遅まきながら、惚《ほ》れた女ができた。だが、夫婦《めおと》になってても生活はできやしねえ。潮時かと思ったときに、親分が急病でぽっくり逝っちまった」

「三年前だったな。寒い朝だった」

布屋の親分がうなずいた。

「跡目はもめた。親分には、子供がいたし、手下もおいらを含めて六人いた。その全員が跡目を狙った。だが、息子は浅草ではなく馬込《まごめ》に住んでいたのと、御用聞きの仕事にまったくかかわっていなかったのが、災いして外された」

「御出入りの店の方々にしてみれば、素人《しろうと》では不安だわな」

息子が相続を認められなかった理由に、布屋の親分が同意した。

「それでも縄張りは惜しい。亡くなった親分から毎月もらっていた小遣いもなくなる。息子が大いにごねたのも無理はない。それをどうにかしてくれたのが、佐藤の旦那だった。佐藤の旦那は、息子に向かって、おめえが跡を継ぐなら、十手を取りあげる。御用聞きのいろはもわからねえ奴なんぞ、役に立たねえ。十手の持ち主である佐藤の旦那にそう言われたら、息子も逆らえねえ。その後だ、佐藤の旦那が、跡目は与吉にさせると言ってくださった。こいつほど縄張りのことをよく知っている者はいねえと。涙が出た」

語っている五輪の与吉の目に涙が浮かんだ。

「恩か」

辛《つら》そうに布屋の親分が頬をゆがめた。

「一度は縄張り大事から、恩を捨てたが……やはり駄目だったなあ。佐藤の旦那もやり過ぎたが……分銅屋はそれ以上に厳しかった。大店の主というのは、怖ろしいものだなあ」

　五輪の与吉が小さく笑った。

「そうでなきゃ、金ごと店を喰われるからだろう」

　布屋の親分が嘆息した。

「さて、帰る。悪いが明日、若いのを集めておいてくれ」

　下っ引きたちに説明しなければならないと、招集を布屋の親分が頼んだ。

「ああ」

　五輪の与吉が受け入れた。

第二章　出入りの明暗

一

用心棒に休日はない。

もっとも奉公人にも休みといえるほどのものはなかった。奉公人は年に二回、正月松の内の明け、盆明けの二度、朝から夕方までの休みが与えられるだけであった。これを藪入《やぶい》りと称し、店の主《あるじ》は全員に休みと小遣い銭《せん》を支給し、日ごろの苦労をねぎらうのだ。それでも休みなしの用心棒よりもましであった。

用心棒に休みがないのは、盗賊に休日がないためであった。

「藪入りで、店には人がいねえ」

奉公人のほとんどが留守になるだけでなく、店も休みになっている。表戸も閉めているため、なかに入りこんでしまえば、まさにやりたい放題である。

藪入りの強盗は、情け容赦がない。夕方まで奉公人は帰ってこないとわかっている。主一家と実家が遠方で藪入りにも出かけない奉公人など、数人もいれば制圧できる。

「金を出せ」

「暴れるんじゃねえ」

財産を根こそぎ奪うだけではなく、女をおもちゃにする。

「顔を見たからな、悪く思うな」

そして散々遊んだ後は、皆殺しにしていく。

藪入り強盗がしないのは、火付けだけであった。火事を起こせば大騒ぎとなり、せっかく目立たずにすんだものが、無になってしまう。

とはいえ、被害はとてつもなく大きい。

「厳重に注意をいたせ」

当然、幕府も警戒する。

町奉行所はもちろん、火付け盗賊改《あらた》め方《かた》、市中巡回の大番組《おおばんぐみ》が、江戸城下を足繁《あししげ》く見廻《みまわ》っている。

とはいえ、大番組は隊列を組んで行進することで周囲を威圧、犯罪者を抑圧するだけで、実際に盗賊を追いかけることはしない。

「盗人どもの捕縛《ほばく》は、不浄職たる町奉行所の役目である」

徳川家の武を担う大番組の矜持《きょうじ》は高い。

「張り子の虎《とら》が」

一方で、偉そうにするだけで実際の役に立っていない大番組を、町奉行所の与力、同心は裏で笑っている。

「手出しをするな」

火付け盗賊改め方は、そんな思惑もなくただ見敵必殺《けんてきひっさつ》である。

江戸の治安を守っている町奉行所、火付け盗賊改め方、大番組の三者は、まったく連携を取っていなかった。

「おかしなところはないか」

そんなとき、役に立つのが、縄張りを廻る御用聞きであった。御用聞きは、縄張りのことを熟知している。

それこそ、どこの女中が番頭とできているかから、新しい猫がどこの床下に住み着いたまで、御用聞きの耳に届く。

翌朝、話を決めてきた布屋の親分が、分銅屋仁左衛門のもとを訪れた。

「随分と早いね、親分」

分銅屋仁左衛門が左馬介を同席させて布屋の親分に会った。

「すいやせん。昼から少し出なきゃいけやせんので、ご迷惑かとは存じやしたが、早めにご報告をしておいたほうがいいかと」

「そうだねえ。手遅れになるよりは、はるかにましだ」

布屋の親分の言いぶんに、分銅屋仁左衛門が同意した。

「悪いけど、さっそく話を聞かせてもらえるかい。わたしも忙しいからね」

「へい」

分銅屋仁左衛門に急《せ》かされた布屋の親分が応じた。

「五輪の与吉が、隠居を承知いたしやした」

「……ほう」

小さく分銅屋仁左衛門が声を漏らした。

「つきましては、退《ひ》き金《きん》を融通してやっていただきたく」

布屋の親分が金を無心した。

「なぜ、わたしが五輪の与吉に金をくれてやらなきゃいけないのだい」

分銅屋仁左衛門が不思議そうな顔をした。

「それは縄張りを譲るときの決まりで」

「おかしなことを言うねえ。親分」

そうなっていると言った布屋の親分に、分銅屋仁左衛門が表情を変えた。

「縄張りを譲るときに退き金をもらう。これはいいよ。わたしら両替商には両替商の慣習というのがあるように、御用聞きには御用聞きのしきたりがある。それがどれほど奇妙奇天烈《きてれつ》なものであっても、わたしは口出しをする気はない」

「へえ」

布屋の親分が分銅屋仁左衛門がなにを言いたいのか、わからないといった生返事をした。

「わからないかい。つまり、わたしは縄張りの譲渡にはかかわらないと言っているのだよ」

「えっ。縄張りを増やせと言われたのは、分銅屋さんでございましょう」

「増やせと言ったし、そのための手助けをするとも言った。だが、それは布屋の親分へのもので、五輪の与吉へ鐚《びた》一文くれてやる気はないよ」

「退き金が……」

「考え違いをしちゃいけないね。退き金は縄張りを譲られた者が払うんだろう。そういう風に先ほど、親分は言ったねえ。なら、退き金は、布屋の親分、おまえさんが出すべきじゃないかい」

「ですが、縄張りを増やす手伝いは……」

「はあ」

まだ言い募ろうとする布屋の親分に、分銅屋仁左衛門が盛大なため息を聞かせた。

「…………」

機嫌を損ねたと気づいた布屋の親分が黙った。

「なぜ、わたしが親分に縄張りを増やせと言ったか、その根本をわかっていないようだね」

「根本でやすか……」

布屋の親分が困惑した。

「あいつがなにをしたかわかっているよね」

「……そちらのご浪人さまを下手人《げしゅにん》だとして……」

確認された布屋の親分が、左馬介を見た。

「南町奉行の山田肥後守《やまだひごのかみ》さまが直々に、それは否定なさったはずだよ」

「へい」

布屋の親分が首肯《しゅこう》した。

「つまり、あの佐藤なんとやらという同心と、五輪の与吉は、諫山さまにお手伝いをお願いしているこの分銅屋に、下手人がいるとの言いがかりを付け、暖簾《のれん》に傷を負わせたんだよ。商人にとって暖簾がどれだけ大事なものか、知らないとは言わせないよ」

分銅屋仁左衛門が布屋の親分を睨《にら》んだ。

「しょ、承知いたしておりやす」

あわてて布屋の親分が首を何度も縦に振った。

「暖簾に付いた傷でうちがこうむった迷惑の代金を要求して当然なんだよ。なのに、あの与吉に仕事をせずに遊んで暮らせる金を出せ。親分、おまえさん、正気かい」

「…………」

人というのはつごうが悪くなると黙る。

「さっきも言ったけどね、わたしが親分に与吉の縄張りを奪えと話したのはね、おまえさんのためではないんだよ。わたしの溜飲《りゅういん》を下げるためと、近くに分銅屋の足下を掬《すく》おうとする者がいるのは嫌だからさ」

「見せしめ……」

「鈍いねえ、今ごろかい」

分銅屋仁左衛門が嘆息《たんそく》した。

「わかったなら、帰っておくれ。わたしはこれからお得意さまに挨拶《あいさつ》をしにいかなきゃならないんだよ」

「申しわけござんせん」

布屋の親分が一礼して出ていった。

「まったく、よくないですね。町奉行所から貸してもらっているだけの力を、己《おのれ》のものだと思いこんでいる。だから平然と商人を見下している。要求すれば、金を出して当然だと……」

「分銅屋どの、落ち着かれよ」

いなくなってからも文句を口にし続ける分銅屋仁左衛門を、左馬介が宥《なだ》めた。

「……そうでした。諫山さまに文句を言ってもしかたありませんな。最近、ろくでもない連中の相手ばかりしているからか、いろいろ溜《た》めこんでいるようです」

分銅屋仁左衛門が苦笑した。

「お得意先への挨拶へ行かなくてもよいのか」

先ほど分銅屋仁左衛門が述べていたことを左馬介が確かめた。

「そうでしたね。田沼さまのところへ行かなければなりません」

「田沼さまへ……」

分銅屋仁左衛門の言葉に、左馬介が首をかしげた。

世のなかの主人公を米から金へと代えたい。田沼意次と分銅屋仁左衛門は、この考えで一致をしている。田沼意次は米という穫《と》れ高《だか》で左右される武士の経済の不安定さを是正したいと遺言した八代将軍吉宗の思いを果たすため、そして分銅屋仁左衛門はなにも作らず、汗も掻《か》かず、ものを動かすだけで金儲《かねもう》けをしていると蔑《さげす》まれがちな商人の地位を向上させるためと、二人の考えは違っているが、目指すところは等しい。

本来結びつくはずのない、お側御用取次《そばごようとりつぎ》という当代の寵臣《ちょうしん》と江戸でも指折りの両替商は、こうして手を組んだ。

「お礼を申しあげなきゃいけません」

「…………」

「お気づきではない……いけませんねえ。朴念仁《ぼくねんじん》は笑い話になりますが、こういった目上の方との遣《や》り取りで鈍いのは、困りますよ」

「すまぬが、教えてくれ」

あきれる分銅屋仁左衛門に、左馬介が頼んだ。

「あの会津藩の留守居役でございますよ。田沼さまのもとへ報《しら》せて、出入りを禁止にしてくれると派手に捨てぜりふを吐いて、出ていきましたでしょう」

「ああ、初めて高橋が、店に参ったときのことだな」

左馬介が思い出した。

「そして、先日の焦り具合。あやつの思い通りに田沼さまがなされたというのならば、勝ち誇ってやってきたでしょうが、実際はすがってました」

「泣きそうであったな」

左馬介が同意した。

「つまり、田沼さまのところで相手にされなかったどころか、手厳しく痛めつけられたのでしょう。そこで、泣きついてきたと」

「なるほど、田沼さまがなにかしらをなさってくださったわけか」

分銅屋仁左衛門の説明を受けて、ようやく左馬介が理解した。

「愚直はいいですが、なにも考えないというのは、いけません」

「心いたす」

諭《さと》された左馬介が、頭を垂れた。

「諫山さま、気を入れていただきますよ」

「用心棒の仕事なら、手は抜いておらぬぞ」

あらためて念押しをされた左馬介が怪訝《けげん》そうな顔をした。

「今、申しあげたばかりでございますが……」

分銅屋仁左衛門があきれ果てたとばかりに、首を左右に振った。

「すまぬ。わからん」

考えもせず、左馬介が降参した。

「少しは思案してくださいな」

「するだけ無駄じゃ」

苦笑する分銅屋仁左衛門に、左馬介が断言した。

「もうちょっと、振りでもよいので、悩んでくださいまし。それでは、わたくしの留守を任せたくとも任せられませぬ」

「なにをだ」

「縄張りを奪われ、退き金ももらえない。そうなったら、どうなるとお考えで」

開き直った左馬介に、分銅屋仁左衛門が一応問うた。

「食べていけなくなるな」

「……そうですな」

「まさかっ……それを見こして」

にやりと笑った分銅屋仁左衛門に、左馬介が息を呑《の》んだ。

二

縄張りを布屋の親分に譲り、己は隠居する。これは下っ引きたちにとって大きな問題であった。

なにせ五輪の与吉には子供がいない。つまりこのままいけば、跡目は下っ引きの誰かになるはずなのだ。江戸でも指折りの繁華な浅草を手にする価値は大きい。

「親分、みんな揃《そろ》いやした」

下っ引きたちが、五輪の与吉の家に集まった。

「うむ」

うなずいた五輪の与吉が、一人一人の顔をゆっくりと見つめた。

「……親分」

いつにない五輪の与吉の態度に、手下たちが戸惑った。

「落ち着いて聞け、いいな」

最初に五輪の与吉が手下たちに釘《くぎ》を刺した。

「……………」

険しい口調の親分に、手下たちが黙って従った。

「本日で、おいらは隠居する」

「えっ」

「親分、そいつは」

「本当でござんすか」

刺していたはずの釘がすべて抜けた。

「静かにしろい。さっき言ったばかりだろうが」

五輪の与吉が、手下たちを叱《しか》りつけた。

「ですが、ことがことでござんす。これを黙って聞けは無理でござんしょう」

手下のなかでもっとも古参の男が、五輪の与吉に反論した。

「むっ」

正論に五輪の与吉が詰まった。

「ところで、親分。隠居なさるっていうのは、本当でござんすか」

「ああ、そうだ」

古参の問いに五輪の与吉がうなずいた。

「理由をお聞かせいただいても」

「分銅屋がらみだとだけ、知っておけ」

昨日まで元気だった親分が病気療養するはずはないし、それならば一時手下に縄張りを任せればすむ。隠居は身体《からだ》が利かないくらい歳老《としお》いたか、重い病でとても復帰が難しいという状況でもなければ、まずしないのだ。手下がその原因を尋ねたのは無理のないことであった。

「で、跡目のことだが……」

「ごくっ」

「………」

五輪の与吉の口から出る名前を、手下たちが固唾《かたず》を呑んで待った。

「布屋に預けることにした」

「なんでで」

「馬鹿なっ」

たちまち手下たちが荒れた。

「落ち着け、てめえら」

古参の下っ引きが大声を出して、同僚を押さえた。

「ですが、仲吉《ちゅうきち》の兄貴、縄張り内じゃなくて、外から迎えるだけならまだしも、隣に喰《く》われるなんぞ、御免でさあ」

若手の下っ引きが反論した。

「わかっている。わかっているが、今は我慢だ」

仲吉と呼ばれた古参の下っ引きが、なんとか宥《なだ》めようとした。

「親分、昨日まで気振《けぶり》もございませんでしたが、説明はいただけるんで」

「ああ」

不審を抱く仲吉に、五輪の与吉が首を縦に振った。

「昨日、布屋の……」

五輪の与吉が経緯を語った。

「なにさまのつもりだ、分銅屋が」

若い下っ引きが憤《いきどお》った。

「黙れ、馬鹿が。浅草で分銅屋に楯突《たてつ》いて、無事に縄張りを維持できると思っているのか、このぼんくら」

　仲吉が若い下っ引きを叱りつけた。

「わかってくれるか」

「しかたねえことだとわかりはしやしたが……親分」

　事情を呑みこんでくれたかと喜びかけた五輪の与吉に、仲吉が声を低くした。

「分銅屋を怒らせたのは、親分でござんしょう」

「……ああ」

「その後始末を親分が取るのは当然でござんすが、あっしらまで巻きこまれるのはご勘弁で」

「すまねえ」

　仲吉の言いぶんはもっともであった。

　五輪の与吉が頭をさげた。

「頭をさげてもらっても、こっちは腹も膨《ふく》れやせん」

「どうすればいい」

「この渡世から足を洗って、新しく生きていくための元手をいただくか、今のままこの縄張りを守っていけるよう布屋の親分さんに話を付けていただくか」

活計《たつき》の道を付けてくれと仲吉が要求した。

「わかった。布屋の親分に頼んでみよう。もう少ししたら来るはずだ」

話はそれまでなしだと、五輪の与吉が席を外した。

「兄貴……」

「それ以上言うねえ。縄張りは親分のものだ。親分が決めたことにおいらたちは、従わなきゃならねえ」

「でもよう」

「なら、おめえが縄張りを受け継ぐか。それでもおいらは構わねえが、おめえに親分の退き金は用意できめえ」

「……」

仲吉に言われた若い手下が口をつぐんだ。

「揃っているな」

そこへ布屋の親分が入ってきた。

「こいつは失礼しやした。お出迎えもせず」

そつなく仲吉が頭をさげた。

「……」

若い手下がうつむいた。さすがにそっぽを向くだけの度胸はないようであった。

「ご無沙汰《ぶさた》を」

「どうも」

他の手下たちが軽く挨拶をした。

「聞いているようだな。まあ、納得はいくめえが、おいらはなにも変えるつもりはねえ。すべて今まで通りでいく」

布屋の親分が変革、人員整理はしないと宣言した。

「ありがとうございやす」

代表して仲吉が礼を述べた。

「これから頼むぜ」

不承不承《ふしようぶしよう》だとはわかっているが、最初から波風を立てるつもりはない。布屋の親分が手下たちに、声をかけた。

「そういえば、五輪の与吉はどうした」

布屋の親分が来たことはわかっているはずだが、顔を見せない。

「おい、三次郎《さんじろう》。見てこい」

仲吉が不満を持っていた若い手下に指図した。

「………」

返事もせず三次郎と呼ばれた若い手下が出ていった。

「すいやせん、ちゃんと躾《しつ》けときやす」

仲吉が詫《わ》びた。

「次はねえ。下に舐《な》められちゃ、縄張りを守れねえからな」

布屋の親分が怒りを見せた。

「たいへんだあ」

三次郎があわてて飛びこんできた。

「騒がしい、どうした」

「親分がいねえ」

どやしつけた仲吉に、三次郎が告げた。

「なんだとっ……」

「……与吉のやろう」

仲吉が啞然《あぜん》とし、布屋の親分が顔色を変えた。

「女将《おかみ》さん、親分は」

布屋の親分が店に残っていた与吉の妻に問うた。

「……出て、出ていったわ」

与吉の妻が力のない声を出した。

「報せが届いたの」

「なんの報せが」

布屋の親分が与吉の妻に迫った。

「牢《ろう》屋敷から……佐藤の旦那が亡くなったって」

「くそっ。どこの馬鹿だ。わかっていることをわざわざ教えて……与吉を追いこむだけだとわからねえとは」

与吉の妻の話に、布屋の親分が小伝馬町《こでんまちよう》の牢屋敷に勤めている役人を罵《ののし》った。

「どこへ……」

「わからないわ」

布屋の親分の問いに、与吉の妻が首を横に振った。

高橋外記は、田沼意次の怒りに震えあがった。

「どうしよう」

分銅屋に近い浅草門前町の旅籠《はたご》で頭を抱えていたが、いつまでも続けてはいられない。留守居役という役目柄、藩邸に帰らず外泊しても咎《とが》められないが、旅籠での生活は金がかかる。

勘定役《かんじょうやく》から預かった金は、すでに吉原で使い果たしていた。

「このままでは、半知《はんち》召しあげどころか、高橋の家が潰《つぶ》れる」

留守居役は、藩の危機を避けるためにある。金を遣い、接待をすることで幕府役人の意向を探り、それを藩邸へ持ち帰ることで、執政《しっせい》たちに最適な対応をさせる。ようは情報収集である。

田沼意次の怒りを隠していては、藩になにがあるかわからない。

「御上《おかみ》になにか願う前に家中《かちゅう》を整えるべきでは」

「なぜ、余がこのような恥を」

藩主が、江戸城へ登城したとき、田沼意次から嫌味を聞かされるくらいならばまだいい。

「上様の思《おぼ》し召しである。会津からどこどこへ移れ」

稔《みの》りもよく、江戸にも近い会津を失うこともあり得る。

三代将軍家光の弟を藩祖とするとはいえ、今の将軍家とのかかわりは薄い。二代将軍秀忠の直系は、七代将軍家継《いえつぐ》で途絶え、八代将軍は紀州《きしゅう》家から入った。

言うまでもないが、八代将軍吉宗も徳川家康の血を引いている。しかし、家光の系統ではない。会津家への気遣いは八代将軍吉宗以降、かなり薄くなっている。

つまり、会津は他の一門と同じところまで落ちていた。

「そうなってからでは、遅い」

それが高橋外記の失策だとわかれば、身の破滅になる。

「受けた傷をなかったことにはできぬが、医者に診《み》せれば、少なくとも手遅れや拡《ひろ》がることは防げる」

切腹か、隠居ですむかも知れない。高橋外記がようやく決意した。

会津藩の上屋敷は、和田倉御門《わだくらごもん》を入ったところにあった。

「今、戻った。御家老さまへお目通りを」

表御殿に帰った高橋外記が、坊主へ申しつけた。

「伺って参りまする」

坊主が小走りで離れていった。

どこの大名家でも殿中《でんちゅう》、城中で坊主を使っていた。剃髪《ていはつ》し、世俗とのかかわりを断った坊主は、どのような話でも気にしないとされている。

知れば大金を手にできるような話も、政敵を闇討《やみう》ちするような物騒な話も、世間と断絶した坊主にとっては、犬の寝言とかわらない。

もっとも、それは建前であり、坊主を使って情報を手に入れる者もいる。いや、坊主のほうから利害関係の相手に売りこむことがほとんどといえた。

「すぐに参れとのことでございまする」

戻ってきた坊主が高橋外記に告げた。

「ご苦労であった」

高橋外記が、うなずいた。

表御殿御用部屋には、役人と密談するための小部屋が付随していた。

「来たか、こっちじゃ」

江戸家老の井深《いぶか》が、高橋外記を小部屋に誘った。

「遅くなりましてございまする」

小部屋で高橋外記がまず詫びた。

「まったくじゃ。気が気ではなかったわ。で、田沼さまとの間に、縁は作れたのであろうな」

井深がいきなり用件に入った。

「それが……」

「なんじゃ、はっきりいたせ」

「田沼主殿頭《とのものかみ》さまにお目にかかれましてございまする」

「まことかっ」

高橋外記の答えに、井深が身を乗り出した。

当代の寵臣とされているのは、大岡出雲守忠光と田沼主殿頭意次の二人であった。大名、旗本はなんとかして、この二人と縁を繋《つな》ぎ、己の立身出世に繋げたいと考えている。

しかし、大岡出雲守忠光は、家重の側から離れられないため、連日江戸城に詰めており、来客対応をしていない。これは、大岡出雲守は家重唯一の代弁者なため、側用人以上の地位を望めないからであった。己が出世できないのに、他人の面倒など見られるはずもない。

となると、田沼意次だけが実質の寵臣となる。

そのためか、田沼意次と会いたいと、屋敷へ人が押し寄せている。昔は、まだ休みの日など、来客へ対応した田沼意次だったが、今はそのような状況ではなくなっており、ほとんど用人の井上が代わっていた。

そんななか、高橋外記は田沼意次と会った。井深が興奮するのも当然であった。

「御座《ござ》の間《ま》へお通しくださったのか」

「いえ、吉原への招きに応じて……」

「でかしたぞっ、外記」

最後まで高橋外記が言う間もなく、井深が大声を出した。

「よくやった。で、御手元金拝領はどうだ。もちろん、宴席へお出《い》でくださったというならば、ご承知くださったのだろうな」

井深が期待を目に浮かべて、確認してきた。

「……それが」

「うん、どうした」

気まずそうな高橋外記に、井深の表情が変わった。

「まさか、しくじったのではなかろうな。きさま、宴席までお出でくださった主殿頭さまに、どのような無礼を働いた」

宴席に来たというのは、好意を持っていると同意であった。相手が格上ならば、嫌でも宴席を共にしなければならないときもあるが、そうではないのだ。

高橋外記から頼んでのことであり、嫌ならば断ればすむ。

「………」

「黙っていてはわからん。言え、言わぬか」

藩の存亡がかかっている。井深が命令した。

「申しわけもございませぬ……」

高橋外記が観念した。

「なんということを……」

経緯を聞き終えた井深が、天を仰いだ。

「お詫びをいたしまする」

高橋外記が平伏した。

「田沼さまだけならまだしも、分銅屋にまで……」

井深がわなわなと震えた。

「新田開発にどれほどの人がかかわり、多くの金が費やされたか。新田ができれば、未来永劫《えいごう》の増収が約束される。そう思えばこそ耐えた苦労を、そなたは……」

「このようなことになるとは思ってもおりませず」

江戸家老の怒りを向けられた高橋外記が、平蜘蛛《ひらぐも》のように這《は》いつくばった。

「ええい、腹立たしい。高橋、そなたの職を解く。追って沙汰をするまで、長屋に戻って謹慎いたしておれ」

「はい」

ここでさらに抗弁して、井深の怒りを大きくするほうがまずい。留守居役は、人の顔色を窺《うかが》うのも仕事である。高橋外記が素直に従った。

「なんとかして、田沼さまにお許しをいただかねばならぬ」

もう高橋外記のことなど眼中にないと、井深が思案に入った。

三

左馬介と分銅屋仁左衛門は、田沼意次の屋敷へ顔を出していた。

「では、外で待っている」

田沼意次と同じ目標に向かって歩む分銅屋仁左衛門といえども、用心棒を連れていくわけにはいかない。

左馬介はいつものように、田沼家の表門が見えるところで待機すると告げた。

「では、お願いしますよ」

分銅屋仁左衛門も、それを認めた。

「いつもお世話になっております。分銅屋でございまする」

「おおっ、分銅屋か」

表門前で来客への対応をしている門番士が、分銅屋仁左衛門に笑いかけた。

「通していただいても」

「しばし待て」

いつもならばすんなり通れるのが、止められた。

「なにか」

「用心棒であったか、いつも連れている浪人どのはどうした」

首をかしげた分銅屋仁左衛門に門番士が問うた。

「あそこで控えておりまする」

「呼んでくれぬか。殿が来たならば一緒にと言われての」

左馬介へ目を向けた分銅屋仁左衛門に、門番士が述べた。

「よろしいので」

思わず、分銅屋仁左衛門が聞き返した。

「玄関で別の者が待っておる。その者の指図に従ってくれ」

確認した分銅屋仁左衛門に門番士が告げた。

「諫山さま」

分銅屋仁左衛門に手招きをされ、話を聞いた左馬介が唖然《あぜん》とした。

「なぜ……」

「わたくしにもわかりませんな。まあ、行けばわかりましょう」

「勘弁してくれというのは……」

「田沼さまに直接申しあげてください」

逃げようとした左馬介を、分銅屋仁左衛門が止めた。

「お召しでございますよ」

「この格好だぞ」

左馬介が両袖《りょうそで》を引っ張って見せた。

長屋には昼間帰って寝るだけになっていることから、左馬介の生活は分銅屋の女中喜代が世話してくれていた。

洗濯もこまめにしてくれるし、そのとき衣類にほつれでもあれば、ていねいに繕《つくろ》ってもくれる。

おかげで左馬介の風体は、以前に比してかなりましになっている。

だが、衣服は古着でも高いため、どうしても前のものを使い続けてしまう。

左馬介の姿は、小綺麗《こぎれい》な浪人でしかなく、とてもお側御用取次の前に出られるようなものではなかった。

「お召しを断ったら、お怒りになられましょうなあ。ああ、そうなるとわたくしが叱られますか。なにせ、諫山さまの雇い主でございますからな」

「……わかった」

わざとらしく嘆く分銅屋仁左衛門に、左馬介が折れた。

分銅屋仁左衛門は田沼意次の居室に通される数少ない来客である。この日も、変わらず御座の間へ案内された。

「お忙しいところを……」

「挨拶は不要ぞ。そなたはいつでも、ここへ来ればいい」

今後は案内なしでいいと田沼意次が告げた。

「畏《おそ》れ多いことでございまする」

格別な扱いに、分銅屋仁左衛門が深く腰を折った。

「諫山であったの。そんなところにおらず、座敷へ入れ」

廊下に座り、まだ同席を拒もうと無駄な努力をしている左馬介を田沼意次が笑った。

「いや、それは……」

「諫山さまは、田沼さまの御前に出られる格好ではないと恥じておりまして」

あっさりと分銅屋仁左衛門がばらした。

「なんじゃ、そんなことか。気にせずともよいものを。今でこそ五千石をいただいておるが、祖父の代には紀州で浪人していたこともあるのだ。身形《みなり》で人は量れぬと知っておる」

「浪人……」

田沼意次の言葉に、左馬介が驚いた。

「曾祖父《そうそふ》が紀州家に仕えていたのだがな、身体が弱くお勤めしかねるとして、身を退いてな。それで浪人したのよ。幸い、祖父が勉学に熱心であったことから、先代上様にお召し出しをいただき、父の代で旗本になった」

「存じあげませんでした」

経歴を話す田沼意次に、分銅屋仁左衛門も感心した。

「言いふらすものでもなかろう」

田沼意次が苦笑した。

「さて、どうした」

左馬介が座敷の片隅に座るのを待って、田沼意次が尋ねた。

「昨日、会津藩の留守居役さまが当家へおいでになりまして……」

分銅屋仁左衛門が語った。

「愚かな」

聞き終わった田沼意次があきれた。

「お手を煩《わずら》わせましたことをお詫びに参りました」

分銅屋仁左衛門が話を終えて、謝罪をした。

「ご迷惑をおかけいたしましてございまする」

左馬介も手を突いた。

「気にせずともよい。そなたたちのためというより、余の考えを邪魔しようとしたゆえに、頭をはたいてやっただけじゃ」

気にするなと田沼意次が手を振った。

「畏れ入りまする」

分銅屋仁左衛門がもう一度頭をさげた。

「会津さまには、今後どのように」

「貸しを作っておいて、損はなかろう。御上《おかみ》大事の家じゃ。かってのように執政を出すとまではいかぬだろうが、相応の影響力はある。もっとも今の世で、奥州《おうしゅう》を抑えるなど、意味はないがな。伊達《だて》も南部《なんぶ》も兵を挙げるどころか、どうやって人を減らそうかと四苦八苦している」

田沼意次が小さく笑った。

「では、わたくしはいかように」

「好きにいたせばよい。会津に金を貸すもよし、貸さぬもよし」

分銅屋仁左衛門の問いに、田沼意次が首を横に振った。

「もし、貸す気になったならば、余に申すがよい。余から会津に話を持っていってやろう。さすれば、踏み倒しなどできまい」

寵臣の顔に泥を塗るようなまねをして、無事ですむはずはない。会津藩は、他の借財を捨ててでも分銅屋へ返済せざるを得なくなる。

「ありがとう存じまする。お気遣いは感謝いたしまするが、会津さまにお金は貸しませぬ」

「儲かるぞ。商人は儲けを決して見逃さぬのではなかったのか」

利息も元金もまちがいなく手に入るのだ。田沼意次が怪訝《けげん》な顔をした。

「恨まれますので」

「……会津にか」

分銅屋仁左衛門の答えに、田沼意次が首をかしげた。

「会津さまではございませぬ。わたくしに金を返さなければならないからと、借財を踏み倒された出入り商人たちでございまする」

「そのくらい気にもせぬだろうが」

田沼意次が苦笑した。

「顔をつきあわせての商いならば、どれほど恨まれようが、これは勝ち負けでございまする。しかし、見たことも聞いたこともないお方から恨まれるのは、いささか」

「なんじゃ、意外と繊細だの」

首を左右に振った分銅屋仁左衛門に、田沼意次が驚いた。

「いつも図太いわけではございません。こちらの知らないところで勝負が付く。それがおもしろくないだけで」

からかわれた分銅屋仁左衛門が、鼻白《はなじろ》んだ。

「おもしろいの、そなたは」

田沼意次が頰を緩《ゆる》めた。

「さて、会津のことはこれでよいとして、他になにかあるか」

「わたくしのほうからは、別段ございません」

詫びだけに来たと分銅屋仁左衛門が応じた。

「ならば、余の頼みを聞いてもらえるか」

「もちろんでございまする」

田沼意次の言葉に、分銅屋仁左衛門がうなずいた。

「あとで届けさせるが、そこに記した連中に金を貸してやってくれぬか。もちろん、返済は余がかならずさせる」

「よろしゅうございまする」

分銅屋仁左衛門が引き受けた。

「すまぬな。余を頼ってきた者じゃ」

「田沼さまを……」

おかしいと分銅屋仁左衛門が首をひねった。

田沼意次は金の地位を引きあげるため、賄賂《わいろ》を持ってきた者を出世させたりして優遇している。こうすることで、金を汚いものとして嫌う武士の考えをあらためさせようとしていた。

逆にいえば、金を持ってこない連中を、田沼意次は相手しない。

「余に百両を出して、どうにかして五千両の金をという連中じゃ」

「なるほど」

田沼意次の説明で分銅屋仁左衛門が納得した。

「そこまでして金を借りたい、金を借りる相手がない……そういった方々でございますな」

「うむ。切羽詰まった連中じゃ。藁《わら》にもすがる思いで金を工面してきたのだろう。その思いに応《こた》えてやるのも、御上の役を拝しておる者として当然であろう」

「さようでございますな」

田沼意次と分銅屋仁左衛門が顔を見合わせて笑い合った。

「…………」

悪だくみをする二人の様子に、左馬介が引いた。

「おや、諫山さま、なにか」

「ふむ。顔色が悪いようじゃの。風寒《ふうかん》でももらったのではないか」

「お構いなく」

二人の心配した振りに左馬介が首を横に振った。

「おもしろい男だな」

田沼意次が左馬介を見つめた。

「差しあげませぬ」

分銅屋仁左衛門が先回りをした。

「残念じゃ。誰ぞ」

微笑《ほほえ》んだ田沼意次が声をあげた。

「御用でございましょうか」

小姓《こしょう》が顔を出した。

「父の遺《のこ》した衣服があったであろう。五つほど見繕って参れ」

「はっ」

命じられた小姓がさがった。

「あの……」

最初の話からの流れを考えれば、田沼意次は左馬介に父田沼意行《おきゆき》の衣服をくれようとしている。

左馬介が遠慮しようと声を出しかけた。

「黙れ」

田沼意次が左馬介の口を封じた。

「余のすることに、刃向かうと申すか」

「と、とんでもない」

あわてて左馬介が手を振って否定した。

「田沼さま。家《うち》の者をいじめるのはおやめくださいまし」

「よいではないか。家中の者にはできぬのだぞ」

あきれた分銅屋仁左衛門に、田沼意次が文句を言った。

「少しは余にも楽しませよ」

「それならば、いたしかたございませぬ。田沼さまのお楽しみとあれば、いかほどでもお好きなように」

「分銅屋どの」

二人から揃ってからかわれた左馬介が悲鳴をあげた。

「では、これにて。ありがとうございました。諫山さまも」

田沼意次からいただいた着物を背負った左馬介をうながして、分銅屋仁左衛門が辞去を告げた。

「ありがたくちょうだいいたしまする」

左馬介が深々と礼をした。

「気にするな。衣服など着てやってこそ生きる。人も使ってみてこそ役に立つ。簞笥《たんす》にしまったままでは、衣服も泣く」

田沼意次が応じた。

「大切にいたしまする」

「それは違うぞ。諫山」

左馬介の言葉に田沼意次が首を左右に振った。

「そなたが大切にするのは衣服ではなく、分銅屋じゃ。よいな。なんとしても分銅屋を守れ。それが百年先の世を変えることになる」

「……はい」

言われた左馬介が、表情を引き締めて首肯した。

「よき顔である。また、来るがよい」

田沼意次が満足げに首を縦に振った。

四

佐藤猪之助の死は、五輪の与吉を復讐《ふくしゅう》に染めた。

「恩を返すことができなくなった」

生きていくということは、しがらみを増やすことでもある。五輪の与吉も女房と手下たちを抱えたことで、明日を考えなければならなくなった。

独り身で、まだ下っ引きだったころは、いつ死んでもいいやと無茶をしてきた。それが、縄張りを手に入れ、妻《めと》を娶り、手下を抱えるとしがらみが生じ、勝手なまねはできなくなる。

五輪の与吉によって生きている者への責任が、その身と考えを縛りつけた。

ゆえに一度は佐藤猪之助を見捨てた。恩よりもしがらみが上回ったのだ。

だが、そのしがらみが消えた。

縄張りを失った。縄張りを譲った御用聞きは、場合によっては先達《せんだつ》として相談役となることもあるが、ほとんどはこぢんまりした長屋で静かに余生を過ごす。

「あいつには店がある」

御用聞きとしての力を利用して、かなり人通りの多いところに店を借りている。おかげで土産《みやげ》版画の売れゆきもよく、女一人なら十二分に生きていける。

「布屋どのも、気を遣ってくれるだろう」

縄張りを受け継ぐというのは、先代の面倒を見ると同義でもある。この義理を欠くと、他の御用聞きたちから非難される。

「思い残すこともねえ」

子供でもいたならば、話は違っていた。五輪の与吉には、子供がいなかった。

「店を見張るわけにもいかねえ。ここは布屋の縄張りだ。ここでおいらが騒ぎを起こせば、布屋が迷惑する」

布屋の親分に女房と手下たちを含めて縄張りを託したのだ。その布屋の親分に迷惑のかかるようなまねをすれば、女房たちが見捨てられる。

「なら……」

五輪の与吉は田沼意次の屋敷へと向かっていた。

田沼意次の屋敷は、呉服橋《ごふくばし》御門内にある。浅草から呉服橋御門は遠いが、毎日縄張りのなかを歩き回る御用聞きだった五輪の与吉は健脚であった。

「昼を過ぎたというに、あいかわらず長い行列だ」

呉服橋御門を見渡せるところで、五輪の与吉が感心した。

「見える範囲にはいねえな」

五輪の与吉が、座った。

「いつ来るか、わからねえ」

見張りも御用聞きの仕事である。体力の使い方、目立たないやり方も身についている。

目だけはしっかりと呉服橋御門を見ながら、手を懐《ふところ》に入れ、呑んでいる匕首《あいくち》を確かめる。

「勝てねえのは、わかっている。だが、一寸の虫にも五分の魂だ。少しは思い知らせてやらなきゃ腹が治まらねえ」

五輪の与吉が独りごちた。

大きな風呂敷《ふろしき》包みを背負った左馬介が、分銅屋仁左衛門の後に従う。

「なんだ、あの二人は」

座敷に入りきれず、順番待ちをしている来客たちが驚いた。

「さっき屋敷へ入るときは手ぶらであったはず」

左馬介のことを覚えている者がいた。

「手ぶらだったということは……あの荷物は田沼さまから」

来客が息を呑んだ。

田沼意次との縁は、誰もが求めている。いただきものであろうが、預かりものだろうが、田沼意次から渡されたものであるのはまちがいない。

「分銅屋さんではございませんか」

行列のなかに分銅屋仁左衛門のことを知っている者がいた。

「おや、遠江屋《とおとうみや》さん。ご無沙汰をいたしております」

分銅屋仁左衛門が足を止めた。

「遠江屋さんも、田沼さまに」

「ええ、御出入りをさせていただきたいと思いまして」

確認した分銅屋仁左衛門に、遠江屋が答えた。

「なるほど、遠江屋さんは小間物をお扱い。大奥出入りでございますか」

田沼家を通じて大奥へ手を伸ばそうと遠江屋が考えているのを、分銅屋仁左衛門が見抜いた。

「かないませんなあ」

遠江屋が苦笑した。

「そちらは……」

話を変えたいのか、遠江屋が左馬介へと目を移した。

「ああ、諫山左馬介さまと言われましてな。当家のお手伝いをしていただいておりまする」

「さようでございましたか。駿河台《するがだい》で小間物を商っておりまする遠江屋善兵衛《ぜんべえ》でございます。以後よろしくお願いをいたしまする」

浪人の左馬介に、遠江屋がていねいに名乗った。

「これは畏れ入る。浪人諫山左馬介でござる。分銅屋どののお世話になっておりまする。こちらこそよしなにお願いをいたしまする」

左馬介も応じた。

「ところで……田沼さまのお屋敷から出てこられたようでございますが……」

「出入りを許されておりまする」

話を本題に持っていった遠江屋に、分銅屋仁左衛門が答えた。

「やはり。どのようになさいました」

遠江屋が経緯を聞きたがった。

「………」

声の聞こえる範囲の行列に並んでいた者たちも、耳をそばだてた。

「わたくしの場合は、田沼さまがお出でくださったのでございますよ」

「田沼さまが、店まで」

「はい。両替の用ができたと不意に」

嘘《うそ》ではなかった。それ以降のかかわりを報せるつもりは分銅屋仁左衛門になかった。

「なんと幸運な、いや豪運でございますな」

遠江屋がうらやんだ。

「ところで遠江屋さん、田沼さまの御出入りが叶《かな》ったとして……」

「もちろん、ご恩はしっかりと」

問うた分銅屋仁左衛門に、遠江屋が懐を叩いて見せた。

「いただいたご恩に商人が返せるのはそれだけでございますからな。そのことをしっかりお伝えになることです」

分銅屋仁左衛門が周囲にも聞こえるように、金の効能を口にした。

「はい」

すぐに遠江屋は分銅屋仁左衛門の意図を読んだ。

「では、わたくしはこれで」

「もう一つだけ」

去ろうとした分銅屋仁左衛門を遠江屋が引き留めた。

「諫山さまが背負っておられるものはなんでございましょう。お屋敷に入られる前にはなかったということでございますが」

遠江屋が見ていた者がいると伝えて訊《き》いた。

「ああ、これは田沼さまから、諫山さまへの賜《たまわ》りものでございますよ」

「田沼さまから……」

「なんだとっ」

「浪人者に……嘘であろう」

分銅屋仁左衛門の言葉に遠江屋だけでなく、周囲の者たちが騒いだ。

「お召しにあずかり、親しくお話をくださったうえ、帰りにこれをくだされたのだ」

どのような意図があるのかわからないとはいえ、分銅屋仁左衛門が明かしたのだ。ならば、従うべきだと左馬介が述べた。

「浪人者に……」

「あやつは何者であるか」

「田沼さまとどのようなかかわりがあると」

周囲がざわついた。

「もうよろしいかな」

騒ぎを起こすだけ起こして、分銅屋仁左衛門が歩き出した。

「御免」

左馬介も後を追った。

「……分銅屋どの」

少し離れたところで、声をかけた左馬介に、分銅屋仁左衛門が口の端を吊《つ》り上げた。

「遠江屋どのへの助言はわかる。金の力を周囲に知らしめるためであろう」

「よくおわかりになりましたな」

「それくらいはな」

笑った分銅屋仁左衛門に、左馬介が口を尖《とが》らせた。

「諫山さまでもおわかりになることが、あそこに並んでいるお武家さまがたにはわかっていない。三河《みかわ》以来の譜代《ふだい》だ、忠義では人に負けない、だから助力をされて当然だ。そういった連中がまだいるのでございますよ。他人《ひと》にものを頼むならば、相応のお礼が要る。それさえわからず、してもらって当然だとか、してもらうだけの価値があるとか、思いこんでいる連中が、田沼さまのお手を煩わせている。米の地位を金に譲らせる。まさに天下を変えようとする大事。まさに寸暇《すんか》も惜しい田沼さまの邪魔でしかない」

分銅屋仁左衛門が吐き捨てた。

「天下を変えるほどの大事ならば、手間も暇もかかろう」

「なにを言われているので。たしかに大事ですがね、だからといってのんびりしていては、なりませぬよ。わたくしたちが生きている間に、新しくなった世が見られないかも知れないのです」

左馬介の言葉に、分銅屋仁左衛門が食ってかかった。

「明日死ぬかも知れないのです。無駄なことをしている余裕は、田沼さまにもわたくしにもありません」

「分銅屋どの……」

強い口調で言う分銅屋仁左衛門に左馬介が驚いた。

「焦っているように見えますか」

「失礼を承知で言うなら、そう見える」

尋ねた分銅屋仁左衛門に左馬介がうなずいた。

「焦っている……いや、怒っているのですよ」

分銅屋仁左衛門が首を小さく横に振った。

「まったくなにも考えず、ただ、己の思うがままにことを進める。そういった連中が、今までどれだけ足を引っ張ってくれたか」

「加賀屋、佐藤猪之助、勘定吟味役、目付《めつけ》……」

左馬介が分銅屋仁左衛門が憎悪する者たちを羅列《られつ》した。

「他にもわたくしどもの金を狙う盗賊もおりました」

「盗賊はいつの時代もおるぞ」

「他人が稼いだ金を横から掠《かす》め取ろうとか、力ずくで奪おうとか……」

商人で盗賊を憎まない者はいない。

「怒りか……」

左馬介が繰り返した。

浪人というのは、感情をあまり露《あら》わにしない。生きていくのが精一杯で、理不尽に怒ることも不条理に泣くこともできないのだ。

「分銅屋どのに雇われて以来、怒ることと喜ぶことが増えたな」

明日の心配をしなくていいおかげからか、左馬介は感情豊かになってきている己に気づいていた。

「たしかに腹立たしいことは多い」

佐藤猪之助、高橋外記も左馬介を苛《いら》つかせた。

「それだけ生きているんだと思えるがな」

「なるほど。明日があるから怒る。たしかにそうですな。明日どうなるかが不安であれば、怒る気にもなりません。まだまだわたしには余裕があるということでしたか」

分銅屋仁左衛門が苦笑した。

「……来やがった」

呉服橋御門を見ていた五輪の与吉が声を漏らした。

「よし」

すっと五輪の与吉が立ちあがった。

「…………」

近づいてくる分銅屋仁左衛門を見ながら、懐のなかの匕首《あいくち》を鞘走《さやばし》らせる。

「分銅屋の旦那」

いきなり斬りつけるのではなく、五輪の与吉が声をかけた。

「……おまえさんは、御用聞きの……」

分銅屋仁左衛門が、五輪の与吉に気づいた。

「与吉でござんす。このたび、身を退かせていただきやしたので、ご迷惑をかけた分銅屋さんにご挨拶をと存じまして」

小腰をかがめて五輪の与吉が近づいた。

「別に挨拶なんぞ、要らないよ。お疲れさまだったね」

「いえ……」

ねぎらわれた五輪の与吉が、いきなり匕首を抜いて分銅屋仁左衛門に襲いかかった。

「させぬよ」

さっと左馬介が背負っていた風呂敷包みを二人の間に挟んだ。

「くわっ……なんだ」

風呂敷に顔を突っこむ形になった五輪の与吉が驚愕《きょうがく》した。

「挨拶に来ながら、右手を懐に入れたままというのは、いただけぬなあ」

丸わかりだと左馬介があきれた。

「くそっ」

刺さった匕首を抜こうとしても、押さえつけるように風呂敷が合わせて動き、五輪の与吉が苦戦した。

「……まったく、町奉行所に縁のある連中は」

左馬介の後ろに逃げこんだ分銅屋仁左衛門が吐き捨てた。

「やかましい。おめえがいなければ、なにもなかったんだ。佐藤の旦那はいつものように気怠《けだる》げな様子で浅草へ来られ、おいらと茶を飲み、昼飯を一緒に喰って、夕方には帰っていかれる。ずっと繰り返してきたそれを……」

五輪の与吉が分銅屋仁左衛門を怒鳴りつけた。

「そっちのつごうでございましょう。こっちこそ、いい迷惑でしたよ。縄張りでもないところに手出しをしてきて、何度も忠告はいたしましたでしょう。諫山さまに罪はないと。己の身を守ることさえ、罪だとでもいうつもりですか」

分銅屋仁左衛門が言い返した。

「黙れ、黙れ……おまえたちのせいで佐藤の旦那は死んだんだ」

「おや、それは初耳でした」

聞かされた分銅屋仁左衛門が驚いた。町奉行所にかかわりのあった者が牢に入ると囚人たちの憎しみを受けて、私刑に遭うとの説明は受けていたが、これほど早いとは思ってもいなかった。

「だから、おまえたちも死ねえ」

五輪の与吉がわめいた。

「うるさいですね。諫山さま」

「他人目があるゆえ、よいか」

分銅屋仁左衛門に求められた左馬介が言った。

「しかたありませんな」

妙な確認を取った左馬介に、分銅屋仁左衛門が説明を要求せずに首肯した。

「ふん」

押しつけていた風呂敷包みを左馬介が離し、代わりに鉄扇《てっせん》を摑《つか》んだ。

「このっ……」

ようやく押しつけられていた風呂敷が取れた。五輪の与吉がもう一度匕首を分銅屋仁左衛門に向けようとして絶叫した。

「ぎゃあぁ」

「さすがに雇い主を殺されては困る。かといってこんなところで殺すわけにもいかぬ」

左馬介が鉄扇で五輪の与吉の右手首を叩き、粉砕《ふんさい》した。

「……ああああ」

右手を左手で包むように押さえて、五輪の与吉が屈《かが》みこんだ。

「なにごとか。御門近くでの騒ぎは許さぬぞ」

悲鳴を聞いた呉服橋門を警固している書院番士が駆けつけてきた。

「お役目お疲れさまでございまする。わたくし田沼さまに御出入りをさせていただいておりまする分銅屋仁左衛門と申しまする」

「田沼さまの……そういえば覚えがあるな」

書院番士の態度が一気に変わった。

「お屋敷からいただきましたものを抱えて、ここまで参りましたところ、この者がいきなり刃物を持って襲いかかって参りました」

「むっ。たしかに」

落ちている匕首を書院番士が取りあげた。

「それを供の者が防いだのでございますが……」

分銅屋仁左衛門が転がっている風呂敷包みを指さした。

「……………」

無言で左馬介が風呂敷包みを拾い、匕首の刺さった跡を書院番士に見せた。

「田沼さまからいただいたものを奪おうとした」

「おそらくは」

書院番士の推測を分銅屋仁左衛門が認めた。

「ち、違う。おいら、いやわたくしは浅草で……」

否定しかけた五輪の与吉が途中で口をつぐんだ。

氷よりも冷たいと思わせる目で、分銅屋仁左衛門が己を見つめていた。

「………」

「なんじゃ」

「………」

書院番士に言いたいことがあるのかと問われた五輪の与吉が沈黙した。これ以上口を開くと残してきた妻と手下たちに影響が出る、そう無言で圧していると気づいた。

「ならば、縛りあげよ」

「おう」

年嵩《としかさ》の書院番士に言われた若い書院番士が刀の下げ緒を使って、五輪の与吉を後ろ手に縛った。

「あとはお任せしても」

「ああ、かまわぬ。災難であったの」

これ以上かかわりたくないと告げた分銅屋仁左衛門に、書院番士たちもうなずいた。

書院番士たちもこれ以上問題を大きくされては困る。御門側《そば》に盗賊が出たなどと目付に知られると、職務怠慢だと騒がれる。

「立て」

強く年嵩の書院番士が縄尻《なわじり》を引っ張った。

「うっ」

砕かれた手首へ加えられた刺激に五輪の与吉が苦鳴《くめい》を漏らした。

「南町奉行所はすぐそこじゃ。我慢せい」

書院番士たちが五輪の与吉を連れて去っていった。

第三章　深い策

一

人の多くは被害を受けると、なぜ、己《おのれ》だけがこのような目に遭わなければいけないのだ、悪いのはあいつだ、あいつさえこうしてくれれば、こんなことにはならなかったと他人に責任を転嫁したがる。

謹慎を言い渡された高橋外記は、与えられた長屋で針の筵《むしろ》に座らされていた。

「あなたというお方は……」

妻が高橋外記に激怒した。

「いや、儂《わし》が悪いわけではない」

「みっともないまねをなさいますな。言いわけなど武士のすることではございませぬ」

抗弁は妻によって封じられた。

会津は尚武《しょうぶ》の気風が濃い。奥州の抑えだ、将軍家の藩塀《はんぺい》だという矜持《きょうじ》が強く、女といえども薙刀《なぎなた》くらいは扱う。

「だから、わたくしはあなたのところへ嫁ぐのは嫌でございました。それを叔父《おじ》が、これからは武ではなく、遣《や》り取りで藩を守る時代である。高橋家は代々江戸で留守居役を務めてきた家柄で、嫡男《ちゃくなん》の外記もすでに見習いとして勤めに出ているという。刀《とう》槍《そう》ではない戦場で手柄を立てる男を支えるのも、会津女の意気であろうなどと勧めたので、それもそうかと思いましたが……」

妻が大きくため息を吐《つ》いた。

「嫁に来てみれば、なにが新しい戦場なものですか。毎日酒臭い息をしながら帰ってくる。ときには、脂粉《しふん》の臭《にお》いを衣服に染みつかせて……どこがお仕事だと」

「それはだな、相手を接待しておってだな」

「接待だと言われるならば、酒はまだしも、脂粉を身にまとわずともすみましょう。お相手方が、おすみになるまで別室で控えていればすみまする」

「いや、それは相手が気にする」

「なら、振りだけをすればよろしいはず」

「うっ……」

高橋外記が詰まった。

「悋気《りんき》は女の恥。ゆえに辛抱《しんぼう》して参りました。しかし、もう我慢なりませぬ。謹慎を命じられるなど……いえ、それ以上におめおめと戻って参ったその有り様が耐えられませぬ。なぜ、その諫山とかいう男を討ち果たし、その場を去らずに腹を切られなかった」

「切腹するより、藩に報《しら》せなければならぬと考えたからじゃ」

「なれば、藩に報せた後は、お腹を召されませ。あなたお一人では逝かせませぬ。わたくしもお供いたしましょう」

なんとか言いわけをした高橋外記に、妻が迫った。

「き、謹慎だけぞ。いずれ解かれ、儂は復職いたす」

「いいえ、なさりませぬ」

高橋外記の反論を妻が一蹴《いっしゅう》した。

「兄に尋ねて参りました。高橋の家はどうなるのかと」

「……義兄上《あにうえ》のところに行ったのか」

さっと高橋外記の顔色が変わった。

「兄が申しておりましたぞ。高橋の家は潰《つぶ》されると」

「そのようなことは……」

「江戸次席家老たる吾《わ》が兄の言葉を疑われると」

「ち、違う。そうではないが、高橋の家は当家が会津に封じられたときよりお仕えしている譜代《ふだい》中の譜代である。その譜代を潰すとなれば、殿のお許しなくばできまい。殿は今、お国元じゃ。出府《しゅっぷ》なさるまでまだ期はある。その間に手を打てばすむ」

「どこまで戯《たわ》けておられるのやら」

妻が大きくため息を吐いた。

「まさかっ」

「昨日、御用便が国元へ向けて出されたそうでございまする。早ければ五日ほどで殿のご返答が江戸へ戻って参りましょう」

息を呑《の》んだ夫に、妻が冷たく告げた。

「腹を切ると仰せられたならば、縁あって夫婦の契りをかわした仲。わたくしも黄泉《よみ》路《じ》をと思いましたがその覚悟もないとは、見下げ果てましてございまする。今をもちまして、去らせていただきまする。琢也《たくや》と乃美《のみ》も高橋の家名を捨てて兄の養子といたしますゆえご懸念《けねん》なく」

言い残して妻が去っていった。

「あっ……」

高橋外記が手を伸ばしたが、妻は振り向きもしなかった。

「まずい。なんとか義兄上に取りなしていただこうと考えていたというに……」

藩の名門である妻の実家を頼って、井深の怒りを解いてもらおうとの案は潰《つい》えた。

「このままでは、本当に高橋の家は改易、吾が身は切腹となりかねぬ」

高橋外記が焦った。

藩としては、高橋外記の勝手な暴走だったとして、処分してしまうのがもっとも楽であった。

「どうすればいい……」

高橋外記が必死に思案した。

「田沼さまのお怒りを解くには……」

一人で高橋外記は悩んだ。

「怒りを解く……怒りを解く」

念仏のように、それを繰り返した高橋外記が、不意に顔をあげた。

「そうじゃ。怒りの原因を取り除けばいいのだ」

切羽詰まった高橋外記が思考の果てにたどり着いた。


左馬介はいつものように朝まで寝ずの番をしたあと、朝餉《あさげ》をもらって分銅屋を出た。

「お昼も用意しておきますから」

勝手口まで見送りに来てくれた喜代が、左馬介に話しかけた。

「助かる」

左馬介は頰を緩《ゆる》めた。

長屋の米櫃《こめびつ》の残りを気にしなくていいというのは、浪人にとって夢なのだ。

「最近、お邪魔をしておりませんが、お部屋を散らかされてはおられませんでしょうね」

すっと喜代が目を細めた。

「だ、大丈夫でござる」

食事も洗濯も分銅屋で賄《まかな》ってもらえているため、長屋はたんに寝るだけの場所となっているが、男やもめだけにこまめな掃除や片付けはできていない。

左馬介が喜代から目を逸《そ》らした。

「あと、由縁《ゆかり》なきお人を連れこまれたりなさっては……」

喜代の言う由縁なきお人というのが、加壽美を指しているというくらいは、左馬介もわかっている。

「もちろんでござる」

こちらは胸を張って言えた。なにせ、ここ数日姿を見かけてさえいない。

「けっこうでございます」

「では」

やっと目元を緩めた喜代に、左馬介はほっとしながら長屋へ向けて歩き出した。

「女というのは、男の嘘《うそ》を見抜く能力でも持っているのか」

少し離れたところで、左馬介は首をかしげた。

先ほど喜代から訊《き》かれた二つの質問のうち、最初の片付けについてはとても大丈夫と言える状態ではなかった。

食事はしないとはいえ、水くらいは飲む。使った湯飲みはそのたびに洗ってしまえばいいが、そのまま台所、いや、寝床の横に転がっている。当然、夜具はたたんだことなどない。帰れば両刀を腰から外し、その辺に転がして、夜具へ潜りこみ、目が覚めたら、そのまま刀を腰に差して出かける。つまり、万年床である。

二つ目の質問は、その通りであった。自信をもって否定できた。

そして、左馬介の返答に対して、喜代の反応はしっかり違っていた。

「美形ほど怒ると顔が怖くなると聞いたが、真実じゃな」

左馬介は加壽美こと村垣伊勢について問うた喜代の顔を思い出して震えた。

喜代は分銅屋で上《かみ》の女中を務めている。奉公人の食事や洗濯などを担当する下《しも》の女中とは違い、上の女中は主《あるじ》の世話、来客の応対などをおこなう。

それだけに頭もよく、見目麗しい女が選ばれた。

「ふぁああ」

腹一杯朝飯を喰《く》らった左馬介は、長屋を目の前にして大あくびをした。

「諫山さま、お帰りでござんすかい」

長屋の井戸に集まっていた女房の一人が、左馬介を見て笑った。

「おおっ、精が出るの」

井戸端で浴衣《ゆかた》や手拭《てぬぐ》いなど、毎日出る汚れものを洗っている女房に、左馬介が応じた。

「溜《た》めこんじゃ、干す場所に困るからね」

称賛した左馬介に女房が苦笑した。

分銅屋仁左衛門から借りている長屋は、この辺りではかなり贅沢《ぜいたく》な造りをしていた。棟割《むねわ》りであることは変わらないが、その辺の九尺二間《くしやくにけん》の幅ではなく二間四方あり、そのうえ四畳ほどの庭が付いていた。この庭に洗濯物を干すのである。

「いや、それでも感心じゃ。拙者《せつしや》など着るものがなくなってやっと洗濯だからの」

「いけませんよ、諫山さま。男やもめに蛆《うじ》がわくを地でいくのは勘弁してくださいな。うちはお隣なんですから、蛆が入ってきたら嫌ですよ」

笑いながら女房が、左馬介を窘《たしな》めた。

「さすがにそこまでではないぞ」

左馬介も苦笑した。

「お内儀《ないぎ》さまをもらわれませんので」

少し若い女房が、左馬介に問うた。

「その日暮らしの浪人だぞ。一人で喰いかねる」

左馬介が首を左右に振った。

「なにをおっしゃってるんです。この長屋に住めているというだけで、諫山さまはその日暮らしじゃございませんでしょ」

最初の女房が否定した。

「ここは分銅屋どののお仕事をする間貸してもらっているだけだ」

とても家賃は払えないと左馬介が述べた。

「そこでございますよ。あの分銅屋さんですよ。この江戸で指折りの両替商の分銅屋さんなら、用心棒も三人、五人と置かれるのが普通。それが諫山さまだけ、それだけ気に入られているということでございましょう。いつで辞めてくれと言われるはずなど……」

「ないな」

「なら、胸を張ってお内儀を迎えましょうよ。それに一人口は喰えなくても二人口は喰えるといいますよ」

外食ばかりですませたり、酒を飲み歩いたり、あるだけ遣ってしまう男の一人暮らしより、自炊をするなど節約をしてくれる妻を娶《めと》ったほうが、無駄はなくなると女房が言った。

「そういったところでなあ、これればかりは相手のあることだしの」

独り相撲では、どうにもならないと左馬介が嘆息《たんそく》した。

「またまたあ」

若い女房が掌《てのひら》を振って、笑みを浮かべた。

「加壽美姐《ねえ》さんと分銅屋さんのおきれいな女中さんがいらっしゃいますよねえ」

「……………」

からかわれた左馬介がなんとも言えない顔をした。

店を襲った無頼《ぶらい》から分銅屋仁左衛門を守ったときに、左馬介は胸に傷を負った。そのとき、着替えにも苦労する左馬介を喜代と加壽美が看病しに来た。

「どういう仲ではない。二人とも拙者を哀れんで手伝ってくれただけだ」

「そうは見えませんでしたよ」

首を横に振った左馬介を、若い女房の興味が凌駕《りようが》した。

「諫山さまは、どちらがお好みで。柳橋一の加壽美姐さんはほんにお美しいし、女中さんも負けず劣らずのうえ、家事もお得意でしょうし……」

「お濱《はま》さん。さっさと洗っちまわないと、お昼ご飯の用意ができなくなるよ」

立ち入りすぎだと最初の女房が若い女房を窘めた。

「……はあい」

濱と呼ばれた若い女房が、ぺろと舌を出した。

「じゃの」

左馬介がこの隙《すき》にと長屋へ逃げこんだ。

「……かなわぬ。長屋の女房たちというのは、どうして井戸端に集まって話をするのだ。いや、なぜ拙者に絡《から》む」

上がり框《かまち》に座った左馬介が肩を落とした。

かつて父とともに住んでいた、ここは比べものにならない小汚い長屋でも、女房たちは一日、井戸端にいて、話をしていた。そして、左馬介が通りかかると、かならず話に引きずりこんだ。

「女はそうできているのだ」

背後から声がした。

「うわっ」

驚いた左馬介が飛びあがった。

「村垣どのか。驚くではないか。先ほどまでいなかったはずだが」

長屋に入ったとき、誰もいなかった。振り向いた左馬介が文句を付けた。

「油断だの」

風呂あがりらしく髷《まげ》ではなく串巻《くしま》きにまとめた村垣伊勢が、ため息を吐《つ》いた。

「勘弁してくれ。己の家くらい気を抜いてもよいだろう」

「我が城で殺された武将は多いぞ。上杉謙信《うえすぎけんしん》は厠《かわや》で尻《しり》を槍《やり》に突かれ、豊臣秀吉《とよとみひでよし》は毒を盛られた」

「今は、乱世ではないし、拙者ごとき浪人を謀殺《ぼうさつ》する意味はない」

喩《たと》えが突飛すぎると左馬介があきれた。

「ところで、なにか用でも」

左馬介がようやく村垣伊勢になにをしに来たと問うた。

「外でからかわれていたようだからの。どんな顔をしているのか見に来たのよ」

「見世物か、拙者は」

飄々《ひょうひょう》と言う村垣伊勢に、左馬介がうなだれた。

「そちらこそ、なにか報告することはないのか」

村垣伊勢が、逆に訊いた。

「先日、田沼さまに直接お目にかかってお話をしたぞ」

「それは知っている。だが、わたしは聞いていない」

「意味があるのか、それに」

「人によって見方が変わる」

二度手間だろうと嫌がった左馬介に、村垣伊勢が告げた。

「……佐藤猪之助が獄中死したそうだ。それを受けてか、浅草門前の御用聞き五輪の与吉が……」

　ため息を漏らしてから左馬介が語った。

「ふむ。会津藩の留守居役ともあろう者が、おろかなまねをしたな。まあ、主殿頭《とのものかみ》さまが直接お出向きになってお叱《しか》りになったとなれば、尻に火が付くのも無理はないが……大人しくして、ときを空けるべきだと気づかなかったとは」

　聞き終えた村垣伊勢が、あきれた。

「もういいか。夜に備えて仮眠を取りたい」

　眠いと左馬介が訴えた。

「よいぞ」

「…………」

　許可を受けて、左馬介が夜具を被《かぶ》った。

「そちらを向くとはつれないことじゃ」

「…………」

　背を向けて寝転んだ左馬介に、村垣伊勢が嘆いて見せた。

「ふふっ」

頑《かたく》なにこちらを見ようとしない左馬介に村垣伊勢が小さく笑い、すばやく身を躍らせて、夜具へ入りこんだ。

「なっ、なにをする」

背中に抱きつかれた左馬介が、飛び起きようとした。

「動くな。眠れぬであろうが」

村垣伊勢がしっかり四肢を使って抱きつき、左馬介の動きを制した。

「ここで寝るな。帰れ、帰ってくれ」

「なにもせぬのだろう。ならば気にするな。ふう」

村垣伊勢がわざとらしいあくびをした。

「おい、寝ないでくれ。頼む」

ぴったりと張りついているだけに、左馬介の背中には村垣伊勢の胸の膨《ふく》らみが押しつけられている。さらに両足が左馬介の足を挟むようにしている。左馬介が焦った。

「しかたないの」

やっと村垣伊勢が離れた。

「心《しん》の臓に悪いわ」

「そうか。それならよい。どうやらわたしを女だとはわかっているようだ」

上半身を起こして抗議した左馬介に、村垣伊勢が婉然《えんぜん》とした笑みを浮かべた。

「……うっ」

「あはは」

言い返せない左馬介を笑って、村垣伊勢が家具などを踏み台に天井へと登り、隣へと消えていった。

「眠れぬわ」

残された左馬介は吹き飛んだ眠気に、情けなくつぶやいた。

二

長屋へ戻った村垣伊勢は、すばやく身支度をすると柳橋芸者加壽美となって、長屋を出た。

「姐さん、今からお座敷かい」

まだ井戸端で話をしている女房が、加壽美に気づいた。

「稼がないとね」

加壽美が村垣伊勢とは別人の愛想いい笑顔で答えた。

「姐さんほどの売れっ子なら、放っておいても客は来るだろうに」

「甘いよ。男はいつも若い女に弱いからねえ。今年も五人、柳橋に来たけどさ、一番下なんぞ、やっと十三歳なんだよ」

「十三歳……まだ生えてもいないだろうに」

濱が驚いた。

「その毛なしがさ、いいと言う男もいるんだよ」

「えええええ」

加壽美の言葉に女たちが顔をゆがめた。

「だから、お高くとまっているわけにはいかないのさ。じっと口を開けて待っている罠《わな》より、動き回るほうが、獲物を摑《つか》みやすいだろう」

「たしかにねえ」

笑う加壽美に女房が同意した。

「じゃ、頑張ってくるよ。祝儀をたくさんもらえたら、甘いものでも買ってくるさあね」

「やった」

濱が喜んだ。

井戸を過ぎた加壽美は人通りの多い浅草門前町を目指した。

「おう、加壽美姐さんじゃねえか」

「これはこれは、灘屋《なだや》さんの若旦那」

すぐに村垣伊勢が、小腰をかがめた。

「お座敷かい」

「はい、紀州屋さんのお座敷を勤めさせていただきまする」

「紀州屋さんの……」

灘屋の若旦那と呼ばれた男が表情を引き締めた。

吉宗が亡くなって、そろそろ一年経《た》とうとしている。

当初、吉宗のことを養子とか、紀州の田舎《いなか》大名と舐《な》めていた者たちが、その辣腕《らつわん》さに息を呑み、言うなりになった。

おかげで幕府はかなり無理な改革を断行できた。上米《あげまい》の令や徹底した倹約の取締りなどで、なんとか幕府は財政破綻《はたん》から逃れることができた。

しかし、その吉宗が死んでしまえば、忍従の時期も終わる。

すでに家重の施策は吉宗の倹約からずれ始めていた。

「急用か」

唇の動きだけで灘屋の若旦那が村垣伊勢に話しかけた。紀州屋というのは、お庭番同士の符牒《ふちょう》であり、将軍のもとまで話をあげるとの意味であった。

「ああ。主殿頭さまのところまで会津が来たことは知っているだろう」

村垣伊勢も声を出さず、唇だけで応じた。

「御手元金拝借の一件か」

「うむ。会津は御上《おかみ》から南山御蔵入領《みなみやまおくらいり》を預かっておろう」

「少し暇はあるかい。なら、そこの茶店につきあっておくれな」

話が長引くと思った灘屋の若旦那が、声を出して村垣伊勢を誘った。

「なら、少しだけ」

村垣伊勢が応じた。

道のまんなかであでやかな美貌の芸者が若い旦那風の男と立ち話をしていては目立つ。ましてや、声もなく見つめ合っている風にしか思えない状況となれば、物見高い江戸の町人が気にしないわけはなかった。

「奥の座敷を借りるよ。茶と団子を二皿頼む」

「へいへい」

目に付いた茶店へ、灘屋の若旦那が村垣伊勢を連れこんだ。

「わかっているだろうけど、しばらく二人きりにしておくれ」

　茶を運んできた店主に、灘屋の若旦那が心付けを握らせた。

「どうぞ、ごゆっくり」

　店主が喜んでうなずいた。

「続きを」

　灘屋の若旦那が村垣伊勢を促した。

「南山御蔵入領は五万石とされているが、御上の領地、表高《おもてだか》より実高が多い。木村《きむら》も知っているだろう」

　村垣伊勢と話している灘屋の若旦那は、同じお庭番の木村和泉《いずみ》であった。

「知っている。一度調べたことがあるからな。あそこは実質七万石だ」

　木村和泉が首肯《しゅこう》した。

「二十三万石の領地に七万石の預かり地。合わせたら三十万石になる」

　三代将軍徳川家光は、異母弟の保科正之を寵愛《ちょうあい》した。これは同姓の弟忠長《ただなが》が、将軍を争う敵であったのに対し、養子に出て他姓を継いだ保科正之は、対抗者となり得なかったからだと言われている。

「さすがに御三家をこえるわけにはいかぬゆえ、預かりで辛抱いたせ」

家光は保科正之を会津に封じるとき、畏敬《いけい》する神君《しんくん》家康の末子水戸《みと》徳川頼房《よりふさ》以上の待遇にはできないと詫《わ》びて、表高を二十三万石とした。蔵入地《くらいりち》の表高を足せば二十八万石となり、水戸徳川家と肩を並べることになるからであった。

もっとも水戸家はその後、加増ならぬ新田開発に伴う高直しを要望、三十五万石となっているため、この蔵入地を加えたところで問題はなくなっているが、表高五万石もの加増をするだけの功績が、保科正之以来会津松平家にはない。

「三十万石でも金が足りぬというのはおかしい」

「確かにそうだな」

木村和泉も同意した。

石高《こくだか》は収入と同時に、用意すべき軍役も表している。会津藩は、この意味でも優遇されていた。蔵入地は表高に入らないため、軍役は二十三万石でよく、差となる七万石は、経費の要らない収入であった。

「新田開発はどこでもしておるぞ」

村垣伊勢の懸念《い》を認めながらも、木村和泉が疑問を呈した。

「成功したか」

冷たい声で村垣伊勢が問うた。

五代将軍綱吉《つなよし》のころから、武家の内証《ないしょう》は逼迫《ひっぱく》し始めた。それに合わせて、あちこちで新田開発がおこなわれたが、そもそも簡単に新田を作れる場所などあれば、とっくにそうなっている。新たな開墾地《かいこんち》は、最初から条件が悪いのだ。水がない、木の根がびっしり張っているなど、なまじのことではどうにもならない。当然、開墾の費用だけかかって、思ったほどの稔《みの》りは得られないという事例が続発した。

「無理であったな」

木村和泉が苦笑した。

紀州藩がそのいい例であった。表高五十五万石は変わらなかったが、耕地が多く温暖で東海道《とうかいどう》という街道を擁《よう》していた駿河《するが》から、海に迫った山に張りつくような狭い耕地で、海路の難所である熊野《くまの》灘《なだ》に囲まれた紀州へ移された紀州徳川家は、当初から財政危機を孕《はら》んでいた。

しかし、新田開発をするには、木を伐《き》り、山肌を削って棚田《たなだ》とするしかなく、その手間に対し、どう考えても収入は合わない。

かの名君徳川吉宗をして、倹約するしか藩財政の立て直しができなかったというところからも、それはわかる。

「会津藩の新田開発は偽りだと」

「ではないかと考えておる」

村垣伊勢が、左馬介から聞いた話を木村和泉に伝えた。

「かつて放逐《ほうちく》した藩士の息子まで伝手《つて》に使う……そこまでして金が要る理由か」

木村和泉も悩んだ。

「主殿頭さまは、このことに」

「お気づきであろうとは思う」

確かめる木村和泉に、村垣伊勢が答えた。

「ただ、上様にまではお報せされまい」

「であるな」

村垣伊勢の推測を木村和泉も認めた。

「上様にご心労をかけまいとなさるだろうし、上様へお報せしたところで、執政《しっせい》どもは動くまい」

苦い顔で木村和泉が言った。

「だが、主殿頭さまだけのお力では、会津は厳しいぞ」

どれほどの寵臣であろうとも、田沼意次はまだお側《そば》御用取次《ごようとりつぎ》でしかなく、表だって幕政にかかわることはできていない。

言うまでもないが、会津藩になにかしらの罰を与えるだけの権限もなかった。

「老中のどなたかをこちらへ引き入れるしかない……か」

「それは我らでは決められぬ。お庭番は耳目《じもく》でしかない。上様のお考えに従うだけで、口のように意見を言うことはならぬ」

悩んでいる木村和泉に、村垣伊勢が首を左右に振った。

「そうであったな。引き留めた。報告に行け。吾《われ》は会津を見張ろう」

「頼んだ」

男女の密会に扮《ふん》した密談が終わった。

将軍家御休息の間は、老中たちの執務室である御用部屋から離れていた。

かつては隣り合っており、緊密に将軍と執政がすぐに会話ができ、政《まつりごと》に将軍も密接なかかわりを持っていた。

しかし、五代将軍綱吉のとき、大老堀田筑前守正俊《ほったちくぜんのかみまさとし》が若年寄稲葉石見守正休《いなばいわみのかみまさやす》によって刺殺されるという幕府史上最大の事件が起こった。その場所が御座《ござ》の間の隣、御用部屋前であったため、将軍に万一危難が及んではと、奥にあった御休息の間へと御座が移された。

江戸城の表御殿を建てるときに、将軍の居所としてふさわしい造りを考えた御座の間と違い、その名の通り政務に疲れた将軍が茶を楽しんだり、午睡を取ったり、ちょっとした休息を楽しむための御休息の間は狭い。その代わり、庭にも近く、渡り廊下を渡れば、窓などがなく密談に適した奥の間があった。

「お側まで」

天井裏から御休息の間上段に聞こえるていどの小声がした。

「い、いず、も」

「はっ。しばしお側を外れさせていただきまする」

家重の許しを得て、大岡出雲守が一人奥の間へと移動した。

「姿を見せよ」

奥の間に入った大岡出雲守が、立ったままで命じた。

「はっ」

ねずみ色の忍装束《しのびしようぞく》に身を包んだ村垣伊勢が、天井裏から降りて控えた。

「いかがいたした」

大岡出雲守が問うた。

「会津藩に胡乱《うろん》な動きあり……」

村垣伊勢が語った。

「会津はその祖より忠節の家柄である。その会津が御上に害をなすようなことは、決してせぬ」

大岡出雲守が会津は信用できると断言した。

「はっ」

お庭番は意見を言わない。

「二万両……」

少し大岡出雲守が考えた。

「記憶にないな。少なくとも上様のもとへ、会津藩から御手元金拝借の願いは来ておらぬ」

政務の最中《さなか》は片時も家重の側から離れることのない大岡出雲守が知らないというはずはなかった。

「いささか不審であるな。執政を調べなければならぬか」

苦く大岡出雲守が頬をゆがめた。

「いかがいたしましょうか」

村垣伊勢が指示を求めた。

「執政には伊賀者《いがもの》が付属していたの」

「隠密御用《おんみつごよう》でございますな」

大岡出雲守の確認に、村垣伊勢が応じた。

隠密御用とはその名の通り、表だった調査がおこなえない場合に、老中あるいは将軍から伊賀者に直接命じられるものであった。

もっとも八代将軍吉宗が将軍となったとき、紀州から腹心の者を連れてきてお庭番を創設、以降伊賀者は老中の依頼を請《う》けるだけになっていた。

「御用部屋に常駐しておるのか、伊賀者は」

大岡出雲守は家重の側を離れることができない寵臣中の寵臣だが、側用人でしかなく、政の漏洩《ろうえい》を禁止するため老中以外入室できない御用部屋については知らなかった。

「しておらぬはずでございまする」

将軍身辺警固も担当するお庭番は、その役目の性質上城中のすべてを密《ひそ》かに調査していた。

「それはいつの話ぞ」

「我が祖父が、紀州から江戸へお召しいただいたときに調べたと聞いておりまする」

問われた村垣伊勢が答えた。

「三十年以上も前か、古いな」

大岡出雲守が難しい顔をした。

「代替わりが二度はあったことになる」

身体の能力を役目の根本としているお庭番、伊賀者などは、従事できる期間が短かった。

しかも体力だけあればいいというわけでもなく、敵地に忍びこむ経験と知識も要るだけに、早くて十六歳ごろからになり、頑張ったところで四十歳ごろには引退しなければならない。長くても当主として活躍できるのは、二十五年がよいところであった。

「二代、足かけ三代となれば、主が誰かを忘れてもおかしくはない」

「伊賀者が老中の走狗《そうく》となっている」

大岡出雲守の懸念を村垣伊勢が受け入れた。

「まずは、そこから調べよ。そうだという確証がなければ、上様にお手出しは願えぬ。それこそ、余が上様のお名前を騙《かた》って、老中たちを支配しようとしていると取られかねぬ」

吉宗が将軍であったときは、その一言で老中の首をすげ替えることができた。しかし、家重にそれだけの威はない。

父吉宗ほどの苦労をしてきていないというのもあるが、なによりも言語不明瞭《ふめいりよう》が大きい。

大岡出雲守以外の誰も、家重がなにを言っているか、わからないのだ。意思の疎通ができないと、どうしても相手を軽んじる。

「言っても無駄である」

「なにを仰《おお》せかわからぬ」

それだけで、家重の能力は低いと判断してしまう。

吉宗への怖《おそ》れが反転したともいえる。老中たちは、政務の報告を家重へするのだが、どうしても要点を飛ばしたり、詳細を説明せず、結果だけの了承を求めているといった感じになっている。

その家重が老中を弾劾《だんがい》しても、叱られている老中はなにを言われているのかわからない。それどころか、家重の訳をしている大岡出雲守から叱られている気になってしまう。

「側用人ごときが、執政たる余を……」

普段から家重の代理として、尊大な言動を取らざるを得ない大岡出雲守に、いい気はしていない。

「上様にあらぬことを吹きこみ、老中を排除し、政を壟断《ろうだん》しようとしている」

大岡出雲守への糾弾《きゅうだん》が本格化してしまう。

老中、若年寄など、幕政を担当する重職がそろって大岡出雲守の罷免《ひめん》を願えば、家重といえどもこれを否定できなくなる。

「出雲守は控えておれ」

糾弾されている本人に通訳などさせられない。それこそ、己につごうのよいように、家重の意見を枉《ま》げかねないのだ。

「…………」

通訳のいなくなった家重は、結局なにも言えなくなる。そして無言は肯定と取られるのが世の常である。

「上様もお認めになられた。大岡出雲守、側用人の職を解く。屋敷に戻り身を慎め」

大岡出雲守は排除され、意思の疎通ができなくなった家重は、以降老中の言いなりとなる。まさに傀儡《かいらい》であった。

「なにかあっても余に傷が付くことは許されぬ」

「承知いたしております」

村垣伊勢がうなずいた。

お庭番は将軍直属の隠密、身辺警固であるだけに、家重の命なく動くことはできない。

もし、家重が傀儡となれば、お庭番も飾りになってしまう。

「気を抜くな」

「お任せいただきますよう」

釘《くぎ》を刺した大岡出雲守に、村垣伊勢が自信を見せた。

三

仮眠は取れなかった。

「かなわぬな」

先日分銅屋仁左衛門に吉原へ連れていってもらったとはいえ、左馬介はまだ三十歳になっていない。男としての欲望はさすがに十代より落ち着いているが、それでも枯れるにはほど遠い。

村垣伊勢の柔らかさ、匂《にお》い、足の重みなどが、脳裏を占めて、とても眠れる状況ではなかった。

「風呂で汗を流せば、なんとかなるか」

左馬介は手拭いを懐《ふところ》に入れて、湯屋《ゆや》へと向かった。

長く分銅屋と契約していた湯屋は、佐藤猪之助の頼みを断り切れず、浴場で左馬介との接触を黙認した。

「裸という守りのないところで、安心できないなど論外」

それを知った分銅屋仁左衛門が激怒、湯屋とのつきあいを断っただけでなく、その近くに別の湯屋を作るという反撃に出た。

その湯屋が完成し、数日前から使用できるようになっていた。

「これは諫山さま」

番台には、分銅屋の手代《てだい》で湯屋の主となることを選んだ若い男が座っていた。

「世話になる」

「どなたもいらっしゃいませんから、ごゆるりと」

なかなか新しい店に客は付かない。開けたばかりの湯屋は、閑散としていた。

「……ふうう」

蒸し風呂は、真新しい槇《まき》の匂いに満ちていた。左馬介は胸一杯に吸いこんだ。

「面倒ばかり続く」

桶《おけ》にためた湯に手拭いを浸け、顔を拭《つ》う。

「やっとあの同心が片付いたと思えば、会津藩の留守居役だ。まったく祟《たた》られているのではなかろうな」

左馬介がぼやいた。

「他人《ひと》の命を奪った報いだと、坊主から因果応報の説教を食らいそうだが、最初に狙ってきたのは向こうからだ。こちらは防いだだけ。それで祟られていると言われても、納得はいかぬ」

すべてがあの旗本の家臣を返り討ちにしてから始まっている。左馬介は腹立たしさを見せた。

「いや、最初は分銅屋の隣にあった空き家から、妙な帳面を見つけたことか」

当初、左馬介は分銅屋仁左衛門が新たに手に入れた隣家の片付けを引き受けただけであった。

「諫山さまなら、任せられる」

顔なじみの棟梁《とうりよう》から紹介されて、分銅屋仁左衛門に会い、片付けが終わるまでだけの期間を雇われた。

一日百文もあれば生きていける浪人にとって、雨風のかかわりなく毎日金になる仕事はありがたかった。

「それが、なにがなんだかわからない間に、用心棒となり、長屋もただで住まわせてもらい、給金も月極《つきぎめ》になった。おかげで生活の不安はなくなった」

湯屋に備えつけてある竹篦《たけべら》で、ふやけた垢《あか》をこそげ落とす。

「浪人としては、これ以上望むべくもない」

湯をかぶって、垢を流す。

「武士に憧れたことがないとは言わぬ」

浪人の夢は、仕官であった。

「分銅屋どのに迷惑がかからないならば、会津に仕えてもと思わぬでもなかった」

高橋外記に誘われたときは、一言のもとに断ったが、あれほど分銅屋仁左衛門との縁を求めての接近だとわかっていては、一考の余地もなかった。

「もし、それがなく普通に父の知り合いとして、仕官を勧められていたら……」

四十石でも喜んで受けただろう。四十石は手取り二十両に少し欠ける。藩の窮乏で禄《ろく》の半分を借りあげられても十両近くは残る。それでも住居が無料であれば、喰うだけはなんとかなる。

なにより家名を再興するのは、男の本懐《ほんかい》でもあった。

「会津藩士となってから、分銅屋どのとの縁を使えと言われたら……逆らえなかっただろう」

一度手にしたものを、手放したくなくなるのが人である。

「弱いな、吾は」

少しでも揺らいだ己に、左馬介が苦笑した。

蒸し風呂は爽快《そうかい》であるが、長く入っていると湯あたりする。左馬介は、長湯に伴う倦怠感《けんたい》を身に纏《まと》いながら、湯屋を出た。

「湯冷ましに、ゆっくりでいいな」

眠れなかったことで早く長屋を出た。多少、長湯したとはいえ、分銅屋に詰める刻限まで、まだ余裕はあった。

湯屋から分銅屋までは、五町（約五百五十メートル）もない。

「………………」

それでも用心棒として身についた習性は、周囲を探っていた。

「あやつ……」

左馬介が分銅屋を少し離れたところで見ている身形《みなり》の立派な武士に気づいた。

「見たことはないが」

左馬介が足を止めて警戒した。

「やはり見覚えはないな」

用心棒としてやっていくには、一度見た顔を覚えていなければならない。盗賊が店を狙うために下見をするときは、見た目を変えていることが多い。行商人、お店者《たなもの》、職人などに扮して、目立たないように何度も店を探る。

それを用心棒は見抜かなければならない。どれほど身形を変えようとも、体格や顔の造作はそのままなのだ。

「……声をかけるわけにもいかぬしの」

あからさまに気にしているとわかっても、相手が身分ある武士の場合、うかつに声をかけるのはまずかった。

「立っているだけだ。なんぞ不都合でもあるのか」

「浪人の分際で、武士を誰何《すいか》するとは、無礼なり」

店のためを思ってやったことが裏目に出ることはままある。

「このままではすまさぬ」

「主を出せ」

ことが大きくなってしまい、

「申しわけございませぬ」

「きつく言って聞かせますので」

主が詫びる羽目になるだけなら、まだいい。

「気分を害した」

「まさか、言葉だけで誠意を見せたことになると思っているのではなかろうな」

ここぞとばかりに金を要求してくる者もいる。

「辞めていただきましょう。用心棒が店に損害をもたらすなど、話になりません」

となれば、店主の八つ当たりを受けて、用心棒が放逐される。

「声をかけずに、気づいているぞとわからせるか」

左馬介が、表情を引き締めた。

「おや、諫山さま、お早いことで」

ちょうどそこへ、分銅屋から番頭が出てきた。

「お、おう」

出鼻をくじかれた感じになった左馬介が、たたらを踏んだ。

「どうかなさいましたか」

番頭が怪訝《けげん》そうな顔をした。

「いや、眠れなかったのでな。早めに出てきたのだ」

狙っている者がいると確定していたならば番頭にも話をするべきだが、そうでないのに不要な情報を入れて、混乱を招くのはかえってまずい。変な緊張は、商いで失敗を呼びかねなかった。

左馬介が手を振って見せた。

「さようでございますか。では、刻限まででもなかでお休みになられては」

「いや、風呂に入ったせいか、目がさえてしまってな。眠くないのだ。せっかくだからな、しっかりと周りを見ておこう」

番頭の気遣いを、盗賊の痕跡を確認すると左馬介は断った。

「それはご苦労さまでございます。いやあ、諫山さまは堅い」

番頭が感心した。

「それが仕事でござる」

称賛に照れながら、左馬介は店の表を確認しだした。

盗賊というのは、そこにあって当然のものを利用する。梯子《はしご》を持ってくれば、二階へ昇ったり、塀をこえたりするのに便利だが、人気《ひとけ》のなくなった夜中に梯子など抱えていれば、たちまち通報されてしまう。

「……用心桶の周りは……」

火事の多い江戸は、店の前に雨水を溜めておく大きな樽《たる》を置いている。その桶の大きさは店によって違うが、大店《おおだな》になるほど大きい。もちろん、なかの水をいざというとき掻《か》き出さなければならないので、高さはさほどないが、それでも足を掛けるのに使える。

「草鞋《わらじ》の跡はないな」

左馬介が口に出した。

盗賊は逃げ出すときや、屋根の上に昇ったときに滑らないよう、草鞋を履くことが多い。

対して、店の者や通行人はほとんどが雪駄《せった》を履いている。

用心桶の周囲に草鞋の跡があれば、下見をされたとの証拠になった。

「うちに入ろうなんて馬鹿はそうそういませんよ」

番頭が声をかけた。

分銅屋は両替商を表看板とした金貸しである。それも行商人にその日の仕入れの金を貸すような小銭は扱っていない。大名や旗本、あるいは新規事業に乗り出すか、店の規模を大きくするための資金を求めている豪商を相手にする、世に言う大名貸しであり、数千両から十万両といった大金を動かす。

当然、それだけの金を蔵に置いている。

うまくいけば十万両というとてつもない金を手にできる。盗賊ならよだれを垂らすほど魅力だが、それだけに守りは堅い。

店の表戸はもちろん、勝手口にも鉄芯《てつしん》が入れられており、蹴破《けやぶ》ったり掛け矢で破壊することは難しい。もちろん、屋根瓦《がわら》も釘で固定したうえ、金網で覆っているため、外すのに手間がかかる。塀を乗りこえて侵入しても、用心棒がいる。なんとか用心棒を倒しても、蔵はやはり鉄板入りの漆喰《しっくい》で囲まれており、人が通れない小さな窓しかなく、扉の鍵は南蛮《なんばん》渡りの技術を使った絡繰《からく》り錠。多人数で襲い来ればどうにかなるが、それでもかなり手間取る。手間取れば、近隣に気取《けど》られる可能性が高くなり、町奉行所が出張《でば》ってくる。

まず、まともな盗賊は分銅屋を狙うくらいならば、もっと小さな店を襲い、百両、二百両と手堅くいく。

「とは思うがの、どこにでも馬鹿はおる」

左馬介がため息を吐《つ》いて見せた。

「……ああ」

あきらかに分銅屋の客ではないとわかる無頼が、睨《にら》みつけるようにして向かってきていた。

番頭も気づいた。

「尽きませんねえ、あの手は」

大きく嘆息した番頭が、店へ戻った。

四

「…………」

近づいてくる無頼を見ないようにしながら、左馬介は店から少しだけ離れた。

「邪魔するぜ」

「おいでなさいませ」

店の暖簾《のれん》を潜《くぐ》った無頼と迎える番頭の声が聞こえてきた。

「……後追いはなしか」

仲間の有無を確かめてから、左馬介も暖簾を潜った。

「どういうことだこれは」

店の土間で立ったまま、無頼が大声をあげていた。

「と仰せられましても、こちらとしては、なんのことやらわかりかねまする」

怒鳴るだけでは意味がわからないと番頭が首をかしげた。

「これを見ろ」

無頼が懐に入れていた手を突き出した。

「銭のようでございますが」

突き出された手に摑まれていたものを見た番頭が答えた。

「しかし、また、質の悪い鐚《びた》ともいえない私銭《しせん》でございますな」

番頭が眉をひそめた。

「なに他人事《ひとごと》のように言ってやがる。これはてめえの店で両替したものだぞ」

「はて、当家ではそのような鐚銭は一切扱っておりませぬ」

怒鳴り続ける無頼に、番頭が否定した。

鐚銭とは、質の悪い私鋳銭《しちゅうせん》、あるいは長く使われている間にすり減ったり、欠けたりしたものをいい、額面通りでは通用しないものをいう。

「ふざけるな。おめえの店で小判を銭《ぜに》に替えたら、こんなのばかりだったんだぞ」

「ですから、当家ではございませぬ」

「いいや、おめえの店にまちがいねえ」

「失礼ながら、あなたさまがここでそれを直接両替なさったので」

「おうよ」

番頭の質問に男がうなずいた。

「いつのことでございましょう」

「そんなことはどうでもいい。さっさとこれを普通の銭に替えやがれ。もちろん、替えるだけではすまねえのはわかっているだろう。神田明神《かんだみようじん》の辺りじゃ、ちいと知られたこの赤観音《あかかんのん》の源介《げんすけ》さまを、ここまで来させたんだ。足代も忘れるな。ああ、一分や二分なんぞという端金《はしたがね》ですまそうとするんじゃねえ。小判だ。小判十枚詫びとして差し出せ」

赤観音の源介と名乗った男が脅しをかけた。

「……神田の源介さま……はて」

番頭が帳面を繰った。

「当家におつきあいの記録がございません」

「帳面に書き忘れたのだろう」

赤観音の源介が冷静な番頭に戸惑った。

「おい、さっさとしねえか。とにかく金を出せ」

「お断りをいたしまする。当家の責任ではございません」

苛立《いらだ》った赤観音の源介が迫るのを番頭が平然と怯《おび》えも見せず、拒んだ。

「てめえ、痛い目を見なければわからねえようだな」

赤観音の源介が番頭に摑みかかろうとした。

「それ以上はいかんな」

すっと後ろから左馬介が赤観音の源介の襟首を摑んだ。

「ぐえっ……なんだ、てめえ」

喉を詰めた赤観音の源介が、振り向いて左馬介に気づいた。

「当家の用心棒だ」

「用心棒だと……怪我《けが》したくなかったら、引っこんでろ」

左馬介の用心棒だという言葉に、赤観音の源介がいきがった。

「そういうわけにもいかぬ。今なら見逃してやる。出ていけ」

「うるせい」

半歩退いて、出入り口を示した左馬介に、赤観音の源介が殴りかかった。

「……ん」

あっさりとかわした左馬介が、その腕を摑んで肘《ひじ》を逆に決めた。

「痛《い》ててて、放せ、放しやがれ」

「放せだと」

偉そうな赤観音の源介を左馬介が咎《とが》めた。

「くそっ」

赤観音の源介が蹴ってきたが、腕を決められていては、力も入っていないし、疾《はや》さも出ない。

「そうか」

これもいなした左馬介が、いっそう肘に力を加えた。

「ひいいい、放してくれ」

関節は鍛えようがない。どんな名人、達人でも逆には曲がらない。たまらず、赤観音の源介が悲鳴をあげた。

「で、この鐚銭はどうした」

「…………」

「まだ口は固いようだな。口と肘、どっちが先に柔らかくなるか」

黙った赤観音の源介に、左馬介が脅しと力を加えた。

「ぎゃあああ」

肘からきしむような音がして、赤観音の源介が絶叫した。

「さて、この金は」

「ば、博打場《ばくちば》だ」

赤観音の源介の口が開いた。

「博打場に鐚銭……」

左馬介が首をひねった。

貧乏浪人にもっとも遠いのが博打場であった。なにせ一日の稼ぎを増やそうとしたところで、博打場には決まりがあり、できなくなっていた。博打場では、現金ではなくそこの用意した木札を使わなければならず、そして金を木札に替えるには手数料がいる。その手数料で一日分の稼ぎが飛んでしまう。

もっとも身に添った仲間内の小博打ならば、木札など使わないが、もともと金など持っていない連中が、その日の稼ぎを血眼《ちまなこ》で賭けるのだ。勝ったところで、さしたる金にはならないし、勝ち続ければ、次から仲間に入れてもらえなくなる。

「金を遣い果たした連中の身ぐるみを剝《は》がして、出てきたのが、そいつよ」

逃げ出せないが、普通にしゃべれるくらいに拘束を緩めてもらった赤観音の源介が、語り出した。

「こんなもの、そのへんの夜鷹《よたか》でさえ、受け取らねえ」

一回十六文、屋台の蕎麦《そば》一杯の代金で相手をしてくれる最下級の遊女でさえ、鐚銭は嫌がる。それだけ価値がないのだ。

「そこで両替屋に難癖を付けて、金にしようとしたのか」

「そうだ」

左馬介の結論を赤観音の源介が認めた。

「近くの両替屋では、もう何度もやって顔を覚えられたので、足を延ばしたんだが、しくじった」

赤観音の源介が降参した。

「もう、二度と来ねえから、勘弁してくれ」

大人しくなった赤観音の源介が頼んだ。

「どうする、分銅屋どの」

これだけ騒いでいれば、奥にいた分銅屋仁左衛門が出てきても不思議ではない。

左馬介が、奥と表の境目あたりから、様子を見ている分銅屋仁左衛門に問うた。

「ちょっとその鐚銭を見せてもらいましょう」

土間へ降りた分銅屋仁左衛門が無頼の手から落ちた鐚銭を拾いあげた。

「……これは酷《ひど》い」

拾った鐚銭を一目見ただけで、分銅屋仁左衛門があきれた。

「こんなもの、屑鉄《くずてつ》買いでも嫌がりますな」

壊れた煙管《きせる》の吸い口、曲がった釘などを買い集めて、鍛冶《かじ》屋へ卸す行商人を屑鉄買いと呼んでいる。

「本朝通宝《ほんちょうつうほう》の欠けたものなどはまだいいですが、誰が作ったかわからない私鋳銭は……」

言いかけた分銅屋仁左衛門が、黙った。

「赤観音の源介さんと言われましたな」

「ああ」

「この私鋳銭は、結構出回ってますかね」

「たまに見る」

「今お持ちなのは……」

「そこにあるだけで全部だ」

分銅屋仁左衛門に訊かれた赤観音の源介が答えた。

「諫山さま」

「うむ」

目を向けられた左馬介が、首肯して赤観音の源介の拘束を解いた。

「やっとかい」

赤観音の源介が左馬介を睨みながら肘をさすった。

「これを買いましょう」

「へっ」

言われた赤観音の源介が唖然《あぜん》とした。

「この私鋳銭を買おうと言ってます。一枚、二枚……十二枚ですか。では、波銭《なみせん》三枚で」

波銭は一枚で四文になる。分銅屋仁左衛門は鐚銭を一枚一文で買うと告げた。

「もうちょっと色を付けてくれ。赤観音の源介が子供の使いで終わったんじゃ、後々厳しい」

「では、今後もこの手の私鋳銭を集めて持ってきてくださるなら」

分銅屋仁左衛門が小判を一枚出した。

「毎回一両か」

「馬鹿を言わないでもらいましょう。今回限りですよ。もちろん、次から来なくてもいいですが、この辺りを差配する親分におまえさんの名前は伝えさせてもらう。分銅屋に喧嘩《けんか》を売ったと」

厚かましいことを口にした赤観音の源介を、分銅屋仁左衛門が脅しあげた。

「わかった」

赤観音の源介が一両小判と波銭三枚を受け取った。

「じゃあな」

手をあげた赤観音の源介に、分銅屋仁左衛門が声をかけた。

「客じゃないんだからね。次からは裏からおいで」

「くっ……わかった」

格の違いを知らされた赤観音の源介が、唇を噛《か》みながらも了承した。

「……かわいそうに」

赤観音の源介の背中を見送った左馬介が同情した。

「おや、誰がでございますかな」

分銅屋仁左衛門が聞き咎めた。

「いや、あの赤観音の源介という男だ。分銅屋どのに目を付けられたのだ。こき使われるぞ」

金を商いの道具としている分銅屋仁左衛門が、そのまま金を持ち逃げさせるような甘い対応をするはずはない。赤観音の源介という無頼の博打場を潰すくらいは、赤子の手をひねるようにしてみせる。

「ほう……」

思わず口にした左馬介を、分銅屋仁左衛門が目を細めて見た。

「まだ不十分でしたか、悪人を思いやるだけの余裕があるとは。これは昼の休憩を減らしても大丈夫ですな」

「あ、いや……すまぬ」

目の笑っていない分銅屋仁左衛門に、左馬介が詫びた。

「ふふふふ」

分銅屋仁左衛門が笑った。

「勘弁してくれ」

左馬介が肩を落とした。

「よろしいでしょう。奥へ行きましょう。番頭さん、後を頼みますよ」

分銅屋仁左衛門が左馬介を誘った。

「待ってくれ」

左馬介が分銅屋仁左衛門には、報せておくべきだと判断した。

「外に……」

「店を見張っている武家が」

左馬介の話を聞いた分銅屋仁左衛門が眉間《みけん》にしわを寄せた。

「気のせいでないとは言いきれぬのだが……引っかかる」

「諫山さまの勘なら、まちがいないでしょう」

分銅屋仁左衛門が認めた。

「一度、外へ出てみたい」

「誘いをかけるのでございますな」

左馬介の求めに分銅屋仁左衛門が首を縦に振った。


分銅屋を見張っていたのは、会津藩江戸家老の井深であった。

「あれらしいの」

「はっ。先ほどたしかに諫山と聞こえましてございまする」

江戸家老が一人で出歩くことはない。かならず警固の藩士と雑用をこなす家士が付いた。

「呼んで参れ」

「はっ」

井深に言われた家士が、分銅屋を出た左馬介へと近づいていった。

「卒爾《そつじ》ながら、諫山どのでございましょうか」

家士が浪人に敬称を付ける最上級の礼節をもって声をかけた。

「いかにも諫山でございまするが、貴殿は」

左馬介は相手が武士身分とみて、ていねいな応対をした。

「吾が主がお目にかかりたいと申しております。ご足労を願えませぬか」

「貴殿のご主君さまが。あいにく、拙者はこの店に雇われておりまして、遠出はできませぬ」

左馬介が断った。

「いえ、すぐそこでございまする」

家士が問題はないともう一度願った。

「店が見える範囲でなければ……」

「大丈夫でございまする」

もう一段渋った左馬介に、家士が応じた。

「では、少しだけ」

最初から会うつもりでいる。嫌がったのは見張りに気づいていないという形式のようなものであった。

「どうぞ、こちらへ」

家士が先導した。

「殿、諫山さまをお連れいたしましてございまする」

井深の前に、家士が頭をさげた。

「ご苦労であった。呼び立てていたしてすまなかったの」

家士をねぎらった井深が、左馬介に話しかけた。

「貴殿は……」

見たことのない顔に、左馬介が警戒した。

「遅れた。儂《わし》は会津藩江戸家老の井深と申す」

「江戸家老……」

重職の登場に、左馬介が目を剝《む》いた。

「諫山左馬介どのであるな」

「いかにも」

井深に念を押された左馬介が、あわててうなずいた。

「この度は申しわけないことであった」

「……高橋どののことでございますな」

左馬介が応じた。

「うむ。まことに失礼な言動をしたようである。先日本人より聞き出し、厳しく叱りつけておいた」

「…………」

井深が説明したが、左馬介は黙った。

「高橋は留守居役を外し、謹みを命じておる」

「それはそちらのことで、拙者が知ってもどうにもなりますまい」

加害者に罰を与えたと言われたところで、被害を受けた側としては、ならばと許す気にはならない。

「さもあろう。高橋のことは、こちらのことであった」

井深がうなずいた。

「そこでだ、詫びと言ってはなんだが、帰参《きさん》いたさぬか」

「それはすでにお断りしておりまする」

裏が透けて見えると、左馬介が断った。

「わかっておる。たしかに、無条件での帰参ではない。田沼さまのお怒りを解いていただけたらという条件を付けさせてもらいたい」

「田沼さまの……無理でござるな」

左馬介があきれた。

「お隠しあるな。貴殿が田沼さまにお目にかかったことは存じておる」

「…………」

すでに知られていることに左馬介は絶句した。

「不思議でござるかな」

井深が左馬介の驚きの意味を読み取った。

「あれだけの数の目見え希望者が並ぶ前で、失礼ながら浪人が屋敷へ呼ばれる。隠しおおせるはずはありませぬ」

「それでは……」

井深の説明を受けた左馬介が息を呑んだ。

「田沼さまは、貴殿に人が集まることを見こされていたはずでございまする」

浪人ならば籠絡《ろうらく》できるだろうと考えた者が寄ってくると田沼意次はわかっていて、目立つまねをしたと井深が告げた。

第四章　しがらみ

一

会津藩江戸家老井深の話は、少なくない衝撃を左馬介に与えた。

「…………」

悄然《しょうぜん》として帰ってきた左馬介に、分銅屋仁左衛門がため息を吐《つ》いた。

「打たれ弱いところは変わりませんな」

「分銅屋どの……」

「なにを吹きこまれました」

弱々しい左馬介に、分銅屋仁左衛門が問うた。

「……だったと」

左馬介が井深から聞かされたことを述べた。

「気がついておられませんでしたか……いや、無理もないことでございますか」

分銅屋仁左衛門が一瞬あきれかけて、納得した。

「諫山さまは、どこにでもいる浪人でしたな」

「……なにか、馬鹿にされた気がするの」

左馬介が嫌そうな顔をした。

「いやいや、それでいいのですよ。汚い政《まつりごと》の裏なんぞ、見なくてすむならば、見ないにこしたことはございませんからね」

分銅屋仁左衛門が慰めた。

「汚い裏か」

それでも左馬介は頰をゆがめたままであった。

「政というのは、きれいだけでは終わりません」

苦い表情を浮かべながら、分銅屋仁左衛門が続けた。

「政というのは、結局力ある者のつごうで変わるもの。御上《おかみ》は、お侍さま以外のことなんぞ考えてはおりません。百姓や商人を守るようなまねをなさることもありますが、あれも突き詰めていけば、御上のためになるもの。たとえば、年貢でございますが、御上は四公六民、大名家のほとんどは五公五民でございましょう」

「そうなのか」

浪人に年貢なんぞかかわりはない。左馬介が首をかしげた。

「そうなのでございますよ。よほど財政の悪い藩でなければ、それ以上にはなりません。これがなぜか。取る気になれば八公二民もいけるのです」

「八公二民とは、作ったものの八割を取りあげるのだろう。そんなもの生きていけるはずもない」

左馬介が目を剝《む》いた。

年貢は穫《と》れ高《だか》にかかる。つまり、秋の稔《みの》りのために使った種籾《たねもみ》、病害のために捨てた稲などを考えてくれなかった。

百姓は、年貢を納めたあと残った米のなかから、来年の種籾を算出しなければならないし、田畑を維持するための費用も、そこから出さなければならない。それを別に除《の》けておかなければ、翌年の田植えができなくなる。

つまり、百姓が己《おのれ》の生活のために使えるのは、残った二割の半分、一割くらいしかない。それで一年家族が生きていかなければならないなど、まず無理であった。

「実際にやったお大名は多いのですよ。もっとも今、そんなことをして御上に訴えられたら、家が潰《つぶ》されてしまうので、もうなくなりましたが、乱世から幕府ができたばかりのころは、そこそこいたようで」

「よくそれでやっていけたな」

左馬介が感心した。

「そのあたりは抜け道もございますし。民というのはしぶとく、賢いものなんでございまして」

分銅屋仁左衛門が苦笑した。

「まあ、その辺は今回かかわりがありませんので、お話しはしませんが……民を圧迫することを御上が許さないのは、一揆《いっき》を怖《おそ》れているというのと、生きていけないほどの年貢を課して、百姓に逃げ出されては困るからでございますよ」

「一揆はわかる。話には聞いたことがある。天草《あまくさ》で大きな一揆があり、大騒動になったと」

「らしいですな。百年から前の話ですからね。わたくしも相当な一揆騒ぎで、鎮圧まで一年からかかっただけでなく、多くの侍が百姓や浪人によって殺されたくらいしか知りませんが」

幕府にとって天草、島原《しまばら》の乱はつごうの悪い事件であり、声高《こわだか》に言いふらすことを好まないため、伝聞ていどでしか伝わってはいなかった。

「武士が百姓に負けたとは言えぬわな」

一揆を鎮圧に出撃して、百姓を討ち取って当たり前で、手柄にはならない。だが、逆は許されなかった。

「百姓の竹槍《たけやり》で貫かれたらしい」

「鎌《かま》で首を切られて死んだとか」

たとえ一揆勢を蹴散《けち》らすことができたとしても、恥は雪《そそ》げない。

一応とはいえ、藩命での出撃である。跡継ぎがいれば、家督の相続は認められるが、少なくとも禄《ろく》は減らされる。もし、跡継ぎが小さかったり、女児しかいなければ、これ幸いと潰される。

なんとか家督を継いでも、恥は残る。

「悪いが、縁は絶たせていただこう」

「百姓に討ち取られるような者のところへ、娘は嫁にやれぬ」

藩内での立場はなくなる。

武士を至上とする幕府にとって、百姓や町人が武をもって勝ることは、決して認めてはならなかった。

「問題は、百姓がいなくなるほうでしてね。わたくしもこういった商いをいたしておりますので、いくつかの田畑を質草《しちぐさ》として預かっておりまする」

江戸は武家地と寺社、町屋しかないように思われるが、意外と田畑もある。江戸近辺の百姓は幕府領のおかげで四公六民と年貢は安いが、やはり繁華な遊び場所があるため、身を持ち崩す者もいる。

そういった連中に分銅屋仁左衛門は金を貸し、代わって田畑を差し押さえるのだ。

「その田畑でございますがね、一年なにも作らずにいたら、使いものにならなくなるのでございますよ。最初、このことに気づかず、放っておいたら、大変な目に遭いました。田畑は一年休めるともとに戻すには三年かかると知ったときは、愕然《がくぜん》としましたよ」

「なるほど。百姓が逃げ出せば、土地が死ぬと」

分銅屋仁左衛門の言いたいことを左馬介が理解した。

「馬鹿をした大名は潰せば良い。ですが、大名を潰しても残ったのが、死んだ土地では困りましょう。手入れにかなりの手間と金がかかる。逃げ出した百姓が、大名の交代を知ったからといって戻ってくるとは限りませんし……」

「一度痛い目を見た者は、他人を信用しなくなる」

左馬介がうなずいた。

「さて、田畑を捨てて逃げた百姓はどうなりましょう」

「受け入れてくれるところはまずないな」

新たに百姓が増えたところで、与える土地がなければ人手が余るだけである。そして人は働かなくても飯を喰《く》う。

「新田を開発できるところはいいですがね。まず、そんなところはない。となると食べていけない逃散《ちょうさん》百姓は……」

「盗賊あるいは無頼《ぶらい》に墜《お》ちるか」

「はい」

分銅屋仁左衛門が首を縦に振った。

「逃げ出された土地は年貢を納めることができなくなり、逃げこまれたところの治安が悪くなる。どちらにとっても良いことはありません。だからこそ、御上はうるさくなさる。なにせそんな始末の悪い土地は一度とはいえ、御上のものになるわけですから。立て直す手間が、かかりまする」

「わかる」

左馬介が首肯《しゅこう》した。

「だからといって、御上が馬鹿をするなと諸大名方に言うだけで、従うわけはございませんでしょう」

「こそっとなにかするだろう。見つからなければ、なにもなかったと同じなのだからな」

分銅屋仁左衛門の言いたいことを左馬介が口にした。

「それをさせないのが、政の裏。表は言葉で治め、裏は力で治める」

「力……」

「刀槍や弓矢鉄炮《てっぽう》じゃありません。闇《やみ》の力というのは、謀略《ぼうりゃく》や罠《わな》」

「謀略……罠」

「それが諫山さま」

「拙者が……罠だと」

「罠というより、餌でございますか。落とし穴の前に置かれた財宝」

「餌か……」

なんとも言いがたい顔を左馬介が見せた。

「わざと田沼さまがお呼びになった浪人……皆、興味を持ったでしょうな」

「…………」

嫌そうに左馬介が頬をゆがめた。

「田沼さまになんとか近づきたい。どうにかして田沼さまとおつきあいをしたい。しかし、相手は上様のお側《そば》御《ご》用取次《ようとりつぎ》という要職。うかつなまねはできない。だが、一介の浪人となれば、話は別になりまする。金でも仕官でも、浪人の喜びそうなものはいくらでもございましょう」

「あるなあ」

左馬介が認めた。

衣食足りて礼節を知るというのは、まさに至言であった。

分銅屋仁左衛門との縁が深くなった今では、金でも女でも名誉や地位でも、左馬介は傾かないが、少し前までならば、あっさりと転んでいた。

「さすがにわたくしを取りこむのは難しい。金でも地位でも困りませんからね」

分銅屋仁左衛門の財力は十万石の大名を凌駕《りょうが》している。地位でも藩士格くらいならば、鼻も引っかけない。士分になりたいと願えば、田沼意次がその場で分銅屋仁左衛門を家臣としてくれる。

「女にも転びません」

吉原の大夫《たゆう》を侍《はべ》らすことどころか、落籍《らくせき》させて掌中の華とすることも容易なのだ。その辺の女を送りこんでも相手にすることなどない。

「それで拙者《せっしゃ》か……」

左馬介が盛大にため息を吐いた。

「嘆くことばかりじゃございませんよ」

「なにかいいところでもあるのか」

目標にされると悟らされた左馬介が、分銅屋仁左衛門の言葉に口を尖《とが》らせた。

「浪人とはいえ、お気に入りを殺せば、田沼さまを怒らせることになりましょう。諫山さまの身の安全は保証されたと」

問うた左馬介に分銅屋仁左衛門が告げた。

「本気でそう思っているのではなかろう」

「いや、騙《だま》せませんな」

粘つくような目で見られた分銅屋仁左衛門が降参だと両手をあげた。

「田沼さまと敵対している者からは、よりしつこく狙われましょう。いい見せしめになりますから。田沼さまに与《くみ》する者は、浪人といえども許さないという」

分銅屋仁左衛門が表情を険しくした。

「やはり、ろくでもないことであった」

左馬介がもう一度嘆いた。

二

会津松平家は、幕府でも特別な扱いを受ける。

殿中《でんちゅう》での詰めの間は、臣下最高といわれる溜《たまり》の間《ま》で、高松《たかまつ》の松平、彦根《ひこね》の井伊《いい》、姫《ひめ》路《じ》の酒井《さかい》など、名門譜代《ふだい》などが同席した。

また溜の間は、幕政の諮問《しもん》を受ける格を持ち、老中でさえ敬意を表し、役に就くときは大老になるのが慣例とされている。

まさに、大名たちの憧れといえた。

しかし、その溜の間に会津松平家の姿はなかった。

第四代会津藩主松平肥後守容貞《まつだいらひごのかみかたさだ》が、大御所吉宗より九ヵ月早く、二十七歳の若さで急死したからであった。

幸い嫡男亀之助《ちゃくなんかめのすけ》に無事家督相続は許されたが、まだ六歳と年若なため、家重への目通りは許されておらず、溜の間に詰めるどころか、江戸城へ登城することさえできない。

つまり会津藩は幕府へなんの影響も及ぼせない状況に陥《おちい》っていた。

「国目付が送られるなど、始祖さまに顔向けできぬことである」

会津では、国家老筆頭北原采女《きたはらうねめ》がため息を吐《つ》いた。

国目付とは、幼くして家を継いだ大名家の内政を監督させるために、幕府が遣《つか》わす旗本である。これは幕府創立期からの慣例であったが、御三家や越前《えちぜん》松平家などには適用されなかった。

国目付を派遣された大名家は、なにをするにもその指図を受けなければならず、藩政に非常な手間を要した。

今まで会津藩では、幼少の藩主を擁立《ようりつ》しなかったこともあり、国目付を派遣されたことはなかった。

いや、派遣されるなど思ってもみなかった。

庶子とはいえ、藩祖保科肥後守正之は、二代将軍秀忠の四男である。しかも四代将軍家綱のときには、大政委任という大老をも上回る幕政最高の座にも就いた。会津はなにがあっても大丈夫だと思っていた。

会津は格別の家柄だという誇りと自信が、国目付の派遣で崩れた。

「しかし、受け入れざるを得ませぬ」

次席国家老の田中玄興《たなかはるおき》が首を横に振った。

「一昨年の騒動か……」

北原采女が眉をひそめた。

会津藩はここ数年、長雨、冷害などで不作が続いた。

「奥州を監視するお役目のためには、惜しんではならぬ」

幕府へ忠節を尽くすことを第一にせよと保科肥後守が遺言したことが、会津藩を縛っていた。

被害があろうとも年貢の減免などはおこなわず、百姓の窮乏を放置した。一年や二年ならば、まだ我慢もできた。

だが、不作は続いた。

「このままでは餓死してしまう」

ついに領内の百姓が立ちあがった。

数千の百姓が年貢減免を求めて会津城下へ押し寄せた。

「徒党を組んでの強訴《ごうそ》は法度《はっと》である。ただちに解散し、代官を通じて申し出よ」

藩は一揆の鎮静を図ったが、すでに嘆願の時期は過ぎたと百姓たちは収まらなかった。

「他国に波及させてはならぬ」

会津藩は揺れた。

当たり前なことだが、会津だけが不作でなく、奥州のほとんどが影響を受けている。当然、会津以外の二階堂《にかいどう》、伊達《だて》なども不穏な状態にある。

「一緒に戦おう」

「飢えて死ぬよりは、抵抗して死ぬほうがましだ」

会津の百姓からの誘いに周囲の藩の百姓が同調する可能性は高い。

そうなれば、奥州監察とされる会津の立場はなくなる。それどころか、会津が原因だと幕府へ訴えられ、咎《とが》めを受けることにもなりかねない。

「九州へ行け」

「預かり地を返還せよ」

転封《てんぽう》あるいは減封されたら、家老たちは幼き藩主に代わって責任を取らなければならなくなった。

「年貢は半減する」

会津藩は百姓の前に折れた。

「ただし、御上の法を破っての強訴は見逃せぬ。首謀者は罪に問う」

「民のためならば」

首謀者たちも藩の面目を立てなければいけないとわかっている。命を引き換えに、藩から譲歩を引き出した庄屋たちは従容《しょうよう》と首を討たれた。

こうして一揆はなんとか治められたが、年貢を半減したことで藩の財政は行き詰まった。

「会津が御三家と同じであれば……」

御三家は、将軍を出すことができる。実際、八代将軍吉宗は紀州の出であった。当たり前のことながら、幕府も御三家には気を遣う。

「大廊下《おおろうか》詰めになりたいところである」

溜の間詰めは臣下としてはこれ以上ない格式である。老中を務めただけでは、溜の間詰めにはなれない。よほど長く執政《しっせい》の座にあるか、相当な功績を残して、ようやく一代限りの溜の間詰めが許される。だが、その溜の間詰めより上があった。大廊下である。大廊下とはいいながら実際は座敷であり、そこには御三家と越前松平家、加賀《かが》前田家が席を与えられていた。御三家はいうまでもなく家康の、越前松平家は家康の次男結城秀康《ゆうきひでやす》の、加賀前田家は二代将軍秀忠の血を引く、徳川の親戚大名である。しかし、そこに二代将軍秀忠の末裔《まつえい》である会津松平家は入れなかった。始祖正之が、保科家の養子であったからというのが理由とされているが、ならば越前松平家ももとは結城であるし、加賀前田家にいたっては代々別姓である。

これに会津藩は不満を抱いていた。

「ところで……借財はどのくらいある」

北原采女が問うた。

「三十二万両をこえましてございまする」

待機していた勘定方《かんじようかた》が、顔を伏せた。

「当家のすべての収入を借財返還に回したとして二年以上か」

会津藩は実収三十万石近い。五公五民で計算して年貢は十五万石、小判にして十五万両弱になる。

もっともこれは藩士の禄、手当などを含んでいる。それらを引いて、藩が自在に使えるのは、四万五千両ほどしかない。これだと八年近くかかる。

「利はどれくらいじゃ」

田中玄興が訊《き》いた。

「国元と江戸で差はございますが、五分から一割五分の間でございまする」

「おしなべて一割……か。となると年三万二千両。とても返せぬ」

利息を返せば、藩の手元には一万両と少ししか残らない。これで政《まつりごと》をおこない、江戸屋敷の費用を賄《まかな》えるはずはなかった。

「金がない」

「不作が続いたのが痛《いと》うございました」

北原采女の愚痴に田中玄興が同意した。

「…………」

たしかにここ数年続いた凶作は藩財政に大きな傷を付けたが、すでにその前から借財が三十万両近くになっていた。金がないのは、会津藩のお家芸だと言えず、勘定方は黙っていた。

「御老中方に千両ずつ、御三家方に二千両ずつ、田安《たやす》、一橋《ひとつばし》さまにも千両、追い抜くことになる越前松平さまには五千両、合わせて一万八千両……」

「その他にもご挨拶《あいさつ》をしておいたほうがよいお方がおられまする。どうしても二万両は要《い》りまするな」

北原采女と田中玄興が顔を見合わせた。

「若殿さまご襲封《しゅうほう》の御祝いもいたさねばなりませぬ」

勘定方が付け加えた。

藩主の隠居、世継ぎの襲封などには、お披露目《ひろめ》が付きものであった。

「……どのくらいかかる」

露骨《ろこつ》に嫌そうな顔で北原采女が訊いた。

「最低で八千両、一万両と考えるほうがよいかと」

勘定方が答えた。

「一万両だと……そのような金はないぞ」

田中玄興が手を振った。

「ですが、いたさねば若殿さまの、ひいては会津家の面目にかかわりまする」

藩主になったお披露目は、おおむね二つに分かれた。一つは親しく交流している大名、旗本を江戸屋敷に招いて宴席を設けるもの、もう一つは招くほどではないがつきあいのある大名、旗本のところへ音物《いんもつ》を持参して挨拶をする。

この両方をしないと、後々、藩主が困ることになった。

「どちらさまかの」

「会津さまは代替わりなされたのか、それは存じあげなかった」

江戸城で挨拶をしても冷たくされる。

「そのようなこともご存じない」

「…………」

殿中にあるいろいろな決まりごとや、慣習を教えてもらえない。こういった嫌がらせが、おこなわれることになる。

「ううっ」

父の急死で藩主となった亀之助は、まだ上様お目通りをすませていないため、登城しなくてすんでいるが、猶予はさほどなかった。

まだ六歳だから、幼いからという弁明は通らない。六歳の子供は泣くか、切れる。

寄って集《たか》っていじめられれば、六歳の子供は泣くか、切れる。だが、それをすれば、

家督を相続したということは、一人前の大名として将軍に仕えることができるとの意味も持つからだ。

六十歳であろうが、六歳であろうが、同じことができなければならないのが、殿中であった。

「むうう」

北原采女が唸《うな》った。

「お目通りを十年とは言わぬ、五年でよいから延ばしていただけぬものか」

「こればかりは、上様のお心一つ」

日延べを画策できないかと提案した北原采女に、田中玄興が首を左右に振った。

本来ならば、将軍へ目通りをした後に嫡子《ちゃくし》として認められる。それを藩主の急死を受けて、その手続きを飛ばし、いきなり家督相続に持ちこんだ。

末期養子《まつごようし》の禁が緩《ゆる》められているとはいえ、そこいらの大名ならば、転封あるいは減封などの咎めを受けてもおかしくはない。

「始祖さまのおかげではある」

北原采女が保科肥後守に敬意を表して、一瞬瞑目《めいもく》した。

保科肥後守は、兄家光からその息子家綱の傅育《ふいく》と補佐を頼まれた。そして、家光が亡くなり、家綱が徳川宗家《そうけ》を継ぐなり、天下を震撼《しんかん》させる騒動が起きた。

由比正雪《ゆいしょうせつ》の乱である。

軍学者由比正雪が、天下に溢《あふ》れていた浪人たちを糾合《きゅうごう》し、江戸を火の海として混乱を演出、その隙《すき》に乗じて家綱を殺害するという謀叛《むほん》を企《たくら》んだのだ。

幸い、訴人《そにん》が出たため、決行前に幕府が動いたことで、ことは未然に防がれた。

「浪人どもを放置したからである」

幕府は由比正雪の計画に震撼した。

「これ以上、浪人を増やすのはよろしくない」

関ヶ原で徳川家康が勝って以来、多くの大名が徳川家のつごうで取り潰されてきた。

一万石の大名が一つ潰れると、陪臣《ばいしん》まで合わせると数百の浪人が生まれる。幕府は、家康以来家光にいたるまでに五十家をこす大名を改易、あるいは減封してきた。仕える大名を失った浪人は、それこそ十万以上溢れた。

「よくも主家を」

「吾《われ》がこのように苦労しなければならないのは、幕府のせいだ」

浪人たちの恨みは徳川に向けられた。

その結果が、目に見えた。

「末期養子の禁を緩めましょうぞ」

大政を委任されていた保科肥後守が、提案した。

幕府が大名を潰す最大の理由が、跡継ぎなきは継承を認めずというものであった。

ようは、当主が死ぬまでにちゃんと跡取りを幕府へ届け出ておけばいいだけの話だが、かなりの大名がこれで潰された。

「まだまだ余は死なぬ」

己に自信のある大名は、跡継ぎを届け出ることを嫌がる。当主の座を脅かされると考えるからである。

「どうすべきか」

跡継ぎの候補が複数いるとき、決断できないことが多い。これは家中《かちゅう》がそれぞれの跡継ぎ候補の派閥を作って競い合うからである。うかつに跡継ぎを決めると、それ以外の派閥が激発し、お家騒動に発展しかねない。そしてお家騒動は、大名取り潰しの立派な理由になる。

保科肥後守が末期養子、すなわち跡取りがおらず当主が死亡したときに改易するのではなく、幕府が正統と認めるだけの跡継ぎを養子として届ければ、認めるというものに替えた。

そのおかげでかなりの大名が断絶を回避できた。

もちろん、なんの傷もなく末期養子は認められない。要所から僻地《へきち》への移封や、一部領地の召しあげなどは喰らう。そうでなければ、末期養子の禁という徳川家康が定めた幕府の祖法がなくなってしまう。

幕府にとって徳川家康は神なのだ。その言葉はまさに金科玉条《きんかぎょくじょう》であった。形だけでも末期養子に対して咎めは与えなければならない。

事実、有名なところでは、軍神と讃《たた》えられた上杉謙信の末裔、米沢藩《よねざわ》がある。関ヶ原の原因となったことで百二十万石を三十万石に減らされた上杉家は、三代藩主綱勝《つなかつ》が跡継ぎなく急死、甥《おい》の吉良《きら》綱憲《つなのり》を養子としたが、所領を半減させられている。

しかし、今回会津松平家は、なに一つ咎めを受けてはいない。ただ、幼君を抱いた老臣たちが無茶をしないかと見張る国目付を派遣されただけですんでいた。

「あのう、どうしても高直しをいたさねばなりませぬか」

勘定方が口を挟んだ。

「なにを申しておる」

「高直しではない。格上げである」

北原采女と田中玄興が、勘定方を厳しい目で見つめた。

「で、ですが……」

執政筆頭と次席国家老に睨《にら》まれながらも、勘定方は引かなかった。

「一昨年の年貢を半減したため、藩の収入は二万両を欠きましてございまする。そこに先代さまのご葬儀がございました」

「わかっておる。それをなんとかするのが勘定方であろう」

「…………」

北原采女に叱《しか》られた勘定方がうつむいた。

「城下の商人から借りればすむ……」

「もう、どこも」

田中玄興の案を勘定方が否定した。

「大百姓から少しずつでも献金させれば。一人百両ずつでも一万両くらいは集まろう」

「一揆の後でございまする。百姓にそのようなことを命じれば……」

「もう一度起こるか」

首を横に振った勘定方に、北原采女が唇を強く結んだ。

「さすがに今回はいけませぬな」

「国目付どのがおられるでな」

田中玄興の嘆きに北原采女も同意した。

「そういえば、江戸表からなにやら申してきておったであろう」

北原采女が思い出した。

「ああ、旧藩士のかかわりで両替商と話ができそうだとか」

言われた田中玄興がうなずいた。

「新しい出入りならば、当家の内情は知るまい。なんといっても当家は二十三万石じゃ。内情が多少苦しいとは思っておろうが、それでも会津出入りという看板は大きかろう」

「いかにも」

「……………」

二人の執政が顔を見合わせてうなずき合うのを勘定方は黙って見ていた。

「よし、江戸へ督促《とくそく》させよう」

北原采女が決断した。

「なんとしてでも会津家を御三家に並ぶご家門衆としていただかねばならぬ。国目付を送られるような恥は、藩祖さまへ顔向けができぬ。会津は格別のお家柄であり、ただの臣下ではないのだ。そのためには溜の間ではなく、同じく大廊下へ昇格せねばならぬ。大廊下になれば、幕府の大政を担えなくなるが、なれば金が出ていくだけじゃ」

「執政となれば、当主は江戸定府《じょうふ》になりまする。諸色《しょしき》の高い江戸での生活は財政を圧迫いたしまするし、国元が留守になり、藩政がおろそかになりまする」

北原采女の意見に田中玄興も首肯した。

「会津のためじゃ。これ以上、藩士たちに窮乏を強《し》いるわけにはいかぬ」

強く北原采女が宣言した。

三

村垣伊勢は、分銅屋仁左衛門が新たに建てさせた湯屋《ゆや》に来ていた。

「おや、加壽美姐《ねえ》さん、こっちは男風呂だよ。女風呂は隣だ」

番台に座っていた番頭が、男風呂に入ってきた加壽美に驚いた。

「誰もいないじゃないか」

加壽美が脱衣所を見回した。

「たしかにいないがね。そろそろ諫山先生がお見えになる」

「だからさ」

番頭の言葉に、加壽美が帯に手をかけた。

「ちょ、ちょっと……」

手早く帯を解いた加壽美に、番頭が慌てた。

「珍しいことでもないだろう」

「それはそうだけど……」

長襦袢《ながじゅばん》だけになった加壽美に、番頭がたじろいだ。

女の客が嫌がるから、入り口と脱衣場は別にしているが、湯船は男女共同という湯屋はままあった。

蒸し風呂の湯屋だと、浴場に立ちこめた湯気で、かなり近づかないとよく見えないから、さほど問題にはなっていない。

それでも男と入るのは嫌だという若い娘などは、職人たちが仕事を終える七つ（午後四時ごろ）前に入るか、浴場に仕切りを付けた男女別の湯屋を選ぶ。

「なら、いいじゃないか」

思い切りよく、加壽美が長襦袢を脱いだ。

「うおっ」

露《あら》わになった胸乳《むなち》に番頭が反応した。

「湯屋の番頭が、それじゃいただけないよ」

すっと背中を向けた加壽美が、番頭を窘《たしな》めた。

「それじゃ、女湯に客は増えません。一度来ても、男の目で見られるとわかったら、二度と来ませんよ」

「うっ」

言われた番頭が困惑した。

「分銅屋の旦那はお優しいけど、ここぞというときは厳しいお方。いつまでも女湯に客が集まらないとなれば……どうなりますかねえ」

「わ、悪かった。気をつけよう」

番頭が謝罪した。

「では、諫山さまには、内緒でお願いしますよ」

振り向きもせず言った加壽美に、番頭が謝罪した。

加壽美が浴場へと入っていった。

「……さすがに柳橋で一、二を争う加壽美姐さんだ。凄《すご》い色気と迫力だ」

番頭が身震いした。

「しかし、望めば日本《にほん》橋《ばし》の大店《おおだな》のご新造さまだって夢じゃないだろうに……どうして浪人の諫山先生に」

大きく番頭が首をかしげた。

「蓼《たで》喰《く》う虫も好き好きとは、このことかね」

番頭が嘆息《たんそく》した。

「邪魔をする」

そこへ左馬介が顔を出した。

「先生っ」

思わず番頭が強く反応した。

「どうかしたのか、拙者が」

左馬介が番頭の様子に、怪訝《けげん》な顔をした。

「い、いえ。不意に声をかけられたので」

「そうか。いつものことだと思うが……」

不審な番頭の態度に、左馬介は首をかしげた。

「どうぞ」

左馬介の戸惑いを無視して、番頭が預かっているぬか袋を差し出した。

「すまんな」

受け取った左馬介は、番頭のことを放置して衣服を脱いだ。

風呂に入れば、褌《ふんどし》は替える。新しい褌は懐《ふところ》に入っている。今つけている褌はそのままにして、脱いだ衣類をたたんだ。

これは武士としての心得であった。

武士はいつ敵に襲われるか知れない。いざというときに素裸では、いろいろとつごうが悪い。たった一枚の布だが、それをつけるために手間取っては命にかかわることもある。

褌を身につけているだけで、そのまま外にも出られる。

また武士は死んだときに素裸を恥としていた。油断していたと取られるからである。

「これこそ武士の心構えである」

なぜか、左馬介の父は、こういった心構えを教えたがった。

「早飯、早糞《はやぐそ》を心がけよ」

「新しくなくともよい。褌だけは毎日替えよ。戦場で負けたとき、奪われた首は褌に包まれるのだからな」

左馬介の父の教えは、すべて古かった。

「今は泰平であるが、いつまた乱世に戻らぬとは限らぬのだぞ。世が乱れれば、浪人にも立身の機は与えられる。そのとき、心得のない者として侮《あなど》られてはならぬ」

講談や軍《いくさ》物語でしか出てこない武田《たけだ》信玄《しんげん》と上杉謙信による川中島《かわなかじま》の一騎討ち、攻め寄せた上杉謙信の一刀を武田信玄が手にしていた軍配で受けたとの話を信じ、軍配に見立てた鉄扇《てっせん》を遣う武術を編み出した父は、どこかずれていた。

「意味のないことを」

子供ながらに父のこだわりを醒《さ》めた思いで聞いていた左馬介だったが、気がつけばいつのまにか身につけていた。

「……さて」

これも心得として、衣服の上に鉄扇を置き、探さなくとも手に取れるようにして、左馬介は入った。

蒸し風呂は蒸気が大きな役割を果たすため、抜けていかないように、浴場と脱衣場の境目に目隠し板が設けられていた。

天井から三尺（約九十センチメートル）ほど下がっている板のところを石榴口《ざくろぐち》と呼び、頭をさげて潜《くぐ》る。

「あいかわらず、すごい湯気である」

人の出入りがないと湯気も動かず、抜けていかない。左馬介が湯気を胸一杯に吸った。

「……脂粉《しふん》の香り」

ふと左馬介が鼻に臭《にお》いを感じた。

「女湯に客か」

石榴口とは反対に、男湯と女湯の境目は、天井から一尺（約三十センチメートル）

ほど開けられていた。

「それにしては静かだ」

女湯に客がいれば賑《にぎ》やかなはずだが、物音一つしなかった。

「残り香か」

左馬介はもう一度腹一杯に吸った。

「先ほどよりも濃い……」

すでに帰ったならば薄くなるはずの香りが強くなった。

「不思議なこともあるものよ」

左馬介が小さく首を横に振った。

「まあいい。ゆっくりはしておられぬ」

井深と分銅屋仁左衛門から身の危険を知らされている。暗くなるまでに分銅屋へ入っておきたいと左馬介は、入浴に専念することにした。

毎日湯屋に来るので、垢《あか》すりをしてもさほど出てはこないが、それでも蒸された皮膚から出てくる汗をこそぎ落とすのは気持ちのいいものである。

「もう少し長い竹篦《たけべら》は……」

背中をこするには、今手にしているものでは、ちょっと届かない。左馬介が新しい篦に手を伸ばそうとしたとき、蒸気が乱れ、一気に脂粉の香りが強くなった。

「流しますよ、旦那」

加壽美が左馬介の背中に手を置いた。

「な、なぜっ」

左馬介が驚いた。

「風呂でご一緒しただけでござんすよ。珍しいことでもございますまい」

平然とした顔で加壽美が左馬介の背中をこすり始めた。

「ちょっと待ってくれ」

あわてて左馬介が振り向いた。

「おや、さすがに正面から見られるのは、ちょっと恥ずかしいですねえ」

「す、すまん」

言われて左馬介が急いで姿勢を戻した。

「相変わらず、落ち着きがないの」

加壽美から村垣伊勢へと一瞬で変化した。

「……落ち着けるものか」

左馬介が前を見たままで言い返した。

「では、ちょうどいい。訊くとしよう」

「なにをだ」

後ろで見えないにもかかわらず、左馬介は村垣伊勢が笑ったと確信した。

「会津のことだ。あれからなにがあったか、包み隠さず言え」

村垣伊勢が、要求した。

「……………」

「きさまに沈黙は許されておらぬ」

いつのまにか、左馬介の首に手拭《てぬぐ》いが巻きついていた。

「ぐっ」

軽く締められた左馬介が小さく呻《うめ》いた。

「ううっ」

左馬介が後手で村垣伊勢を叩《たた》いて、降伏を合図した。

「ふん、最初からしゃべればいいものを」

するりと手拭いが首から外された。

「あれから分銅屋の店前に……」

すべてを左馬介が語った。

「ふむう」

確認にうなずいた左馬介を見た村垣伊勢が、考えた。

「わかった」

村垣伊勢が、納得した。

「おまえに話しかけたのは、会津藩の江戸家老だと申したのだな」

「井深と名乗っていた」

もう一度念を押した村垣伊勢に、左馬介はうなずいた。

「江戸次席家老の井深か……あの高橋とかいった留守居役は、最近姿を見せぬか」

「見ぬ」

左馬介が首を左右に振った。

「ということは、放逐《ほうちく》ではなく、蟄居《ちっきょ》だな。放逐であったならば、そなたのもとに恨み言の一つも言いにくるだろう」

村垣伊勢が、推測を口にした。

「高橋どのが放逐されても、おかしくはなかろう」

左馬介は淡々として受け入れていた。

「田沼さまを怒らせたうえに、分銅屋まで巻きこんだ。少しものの見える執政ならば、さっさと高橋を切り捨て、今後一切かかわりはないとするはずだ。そうでないとしたならば……」

「したならば……」

語尾を濁した村垣伊勢に、左馬介が先を問うた。

「藩から出してはまずいことを知っている」

村垣伊勢が、述べた。

放逐されてしまえば、譜代の恩もなにもあったものではない。それどころか、逆に恨み骨髄に徹すとして、藩の内情を売りかねなかった。

「あるいは……」

「まだあるのか」

続けかけた村垣伊勢に、左馬介が驚いた。

「逃がさぬように閉じこめておき、どうしようもなくなったときの生《い》け贄《にえ》にするか」

「……生け贄」

村垣伊勢の口から出た言葉に、左馬介が息を呑《の》んだ。

「どちらにせよ、高橋の命運は極まったな」

そう言うと村垣伊勢が、左馬介から離れた。

「おまえも気をつけることだ」

用はすんだと村垣伊勢の雰囲気が変わった。

「もう、嫌な旦那」

芸者の口調に戻った村垣伊勢が、番台にも聞こえるようにそう言って、浴場から出ていった。

「皆、寄って集《たか》って拙者を翻弄《ほんろう》してくれる。なにが正しいのか、日に日にわからなくなってくる。誰を信用したらいいのだ」

左馬介は身体《からだ》を洗うのも忘れて呆然《ぼうぜん》とするしかなかった。

四

高橋外記は、家中《いえじゅう》の金を持ち出した。

「この屋敷にあるものは、すべて儂《わし》のものだ」

もう、家族はいなくなっている。使用人もほとんどが、妻に付いていった。残ったのは、古くからいる小者《こもの》が一人だけであった。

「金はないが、この屋敷に残されているものならば、どれでも好きに持っていってよい」

長屋を出るとき、高橋外記は小者に暇を出した。

「どちらへ」

妻と子が出ていったことを見ていた小者が驚かずに問うた。

「わからぬ」

高橋外記が首を振った。

「まずは金だ」

処分未定の謹慎だと、まず家中《かちゅう》へ公布されることはない。

「…………」

表門ならばまだ止められる可能性もあったが、藩士たちや小者、女中たちの使う脇門は高橋外記の通行を認めた。

「まずは……金を作らねばならぬ」

留守居役という金喰い虫を長年務めてきただけに、高橋外記は金の大切さをよく知っていた。

金がなければ、飯は喰えないし、宿にも泊まれない。それは、金さえあれば、なんでもできるということでもあった。

「家に伝わる刀をすべて持ってきたが、どのくらいになるかの」

会津藩は武を重んじる。もともと藩祖肥後守正之が養子に入った保科家は、武田の配下で織田信長の甲州侵攻でも、武田信玄の五男仁科盛信《にしなもりのぶ》とともに高遠城《たかとお》で奮戦している。

その保科家を継いだ肥後守正之は、藩士たちに勉学とともに武術鍛錬を奨励していた。

「ここでいいか」

江戸城の周辺には、刀剣商が点在していた。

「よいか」

「おいでなさいませ」

暖簾《のれん》を潜った高橋外記を、刀剣商の主《あるじ》が迎えた。

刀剣商にそうそう客は来ない。店で刀を買うという客はまずいない。

「ご要望の刀をお持ちいたしました」

出入り客の求めに応じて、刀剣商が刀を持っていく。

「これを頼む」

店に来る客は、刀の手入れを求めにくる参勤交代で江戸へ出てきた勤番侍くらいであった。

「これらを引き取ってもらいたい」

高橋外記が持ち出せた太刀《たち》三本を刀剣商の前に並べた。

「買い取りでございますか……拝見をいたしても」

刀剣商が許しを求めた。

「存分に見てくれ」

高橋外記がうなずいた。

刀は武士の魂だとされている。いかに買い取りを希望されても、無断で触れるのはまずかった。

「きさま、汚れた商人の分際で、武士の魂に触れるなど、無礼千万である」

こう言って絡《から》んでくる武士もいるのだ。

「お清めの代金を出せ」

ようは強請《ゆすり》である。それを防ぐためにも、刀剣商は細心の注意を払わなければならなかった。

許可を得た刀剣商が、まず最初の一本へと手を伸ばした。

「……拝見仕《つかまつ》りまする」

一通り拵《こしら》えを眺めた刀剣商が、太刀に向かって一礼した。

「………」

慎重に鯉口《こいぐち》を切り、静かに抜く。

ゆっくりと刀剣商が刀身を見つめた。

「中子《なかご》を見せていただいても」

「かまわぬ」

柄《つか》のなかに隠れている部分を中子といい、ここにこの刀を打った鍛冶《かじ》の名前、完成した日時などが刻まれる。他にも刀身を擦りあげたとか、刀身を縮めたとかの記録が残されているときもある。

もちろん、無銘のものも多い。

「失礼を」

刀剣商が刀身と柄を留めている目釘《めくぎ》を外し、刀身を分離させた。

「銘はありませんか」

小さくため息を吐《つ》いた刀剣商が、同じことを三度繰り返した。

「勉強をさせていただきましてございまする」

刀を見せてもらったことを刀剣商が感謝した。

「うむ。で、いかほどになる」

待たされた高橋外記が、すぐに問うた。

「三本まとめて、十四両ではいかがでしょうか」

「たった十四両か。先祖伝来のものであるぞ」

刀剣商が呈示した金額に、高橋外記が不満を口にした。

「申しわけありませんが、最近、刀が売れませず。銘でもあれば、もう少し色を付けさせていただきますが、無銘では」

小さく刀剣商が首を横に振った。

「業物《わざもの》であるぞ。多少打ち合ったところで、欠けもせぬ」

高橋外記が太刀を自慢した。

会津藩では、肉厚の実戦向きのものが好まれた。

「たしかに言われる通りなのでございますが……今は銘のあるものしか売れませず」

刀剣商が言いにくそうに告げた。

「銘のあるものだけ……」

「太刀を遣われる機会がございませんでしょう。無銘で肉厚のものは、最近世間さまに受けませず……」

「嘆かわしい」

聞いた高橋外記が悄然《しょうぜん》とした。

「いかがいたしましょう」

この金額でいいかどうかと刀剣商が尋ねた。

「……二十両にはならぬか」

「それでは、儲《もう》けが出るどころか、赤字になりまする」

駄目だと刀剣商が、高橋外記の要望を断った。

「他の店でも変わらぬか」

「おそらく同じでございましょう」

高橋外記の質問に刀剣商が述べた。

「……わかった。それでいい」

高橋外記がうなずいた。

「では、お金を用意いたしまする」

手早く刀剣商が十五両を出した。一両は鞘《さや》代としてである。これを忘れると後々文句になった。

「邪魔をした」

金を摑《つか》んで、高橋外記が店を出た。

「飾りになったとは知っていたが、刀の価値が切れ味ではなくなってしまったとはな」

高橋外記が嘆息した。

湯屋から分銅屋へ急いでいる左馬介に声がかかった。

「分銅屋どののかかり人どのでござるな」

「いかにも、左様でござるが……貴殿は」

初老の武家から呼び止められた左馬介が、誰何《すいか》した。

「主家の名前はご勘弁いただきたく。拙者宇佐美《うさみ》と申す」

「宇佐美どの……わたくしに御用でございまするか」

わざと左馬介は名乗らなかった。

「一度席を設けますゆえ、是非に親しくお話を承《うけたまわ》りたく」

知ってはいるとはいえ、名前を名乗らせておきながら返さない左馬介の無礼を咎めだてず、宇佐美が用件を伝えた。

「ありがたいお申し出ではございますが、なにぶんにも拙者、分銅屋に雇われておりまして、出かけることが難しゅうござれば」

「ご事情は重々承知いたしておりまする。貴殿のごつごうに合わせまする。つきましては、連絡を密にいたしたく、ご住居をお教えくださいませ」

遠回しに断った左馬介をあっさりと宇佐美はかわした。

「住居でございまするか」

左馬介は思案した。

事情を知っているということは、まちがいなく左馬介の長屋もわかっていると見ていい。

それでいながら尋ねたというのは、不意に長屋に現れて不信感を持たれるよりは、教えてもらったのでやってきましたという形を取りたいのだ。

「お見えいただいてもいるかどうかわかりませぬが……」

すなおに左馬介は長屋の場所を教えた。

「ありがとう存じまする。では、本日はこれにて」

足留めを長くさせては、左馬介の仕事に支障が出る。悪感情を抱かれぬようにと宇佐美が一礼して離れていった。

「さっそく来たか」

左馬介は田沼意次の取った手段の確かさに驚いた。

「畏《おそ》れ入りまするが、諫山さまでございましょうか」

宇佐美と別れてしばらく、まもなく分銅屋というところで、左馬介はまたも呼び止められた。

「いかにもそうだが、おぬしは」

今度の相手は商人であった。

「人形町《にんぎょうちょう》で呉服反物《たんもの》を取り扱っておりまする沢瀉屋《おもだかや》と申しまする」

「聞いたことがあるの」

左馬介には生涯縁はない呉服反物の店だが、江戸でも名の知れた大店である。

「いかがでしょうか、当家へお見えいただくわけには参りませんか」

渋めの利休茶色《りきゅうちゃいろ》で統一した衣装の沢瀉屋が、左馬介を誘った。

「あいにくだが、これから仕事での」

「そのお仕事についてでございますよ」

断ろうとした左馬介に、沢瀉屋が笑いを浮かべた。

「今、おいくらいただいておられるかは存じませんが、わたくしは日に一分お支払いいたします」

沢瀉屋が引き抜きをかけてきた。

一日一分は、一カ月を三十日として七両と二分になる。

「……日に一分」

思わず左馬介が目を見張った。

一カ月一両あれば、長屋に住んで腹一杯飯を喰える。それも己だけでなく、妻子がいても問題なくやっていける。

その七倍以上を沢瀉屋は呈示した。

「いかがでございますかな。一日一分、毎日お支払いいたしますよ」

沢瀉屋がもう一度誘った。

「毎日支払ってくれるか」

「はい」

一気に左馬介が冷めたことに沢瀉屋は気づいていなかった。

「沢瀉屋どの」

「はい、はい」

策に乗ったと思ったのか、名前を呼ばれた沢瀉屋が満面の笑みを浮かべた。

「お断りする」

拒んだ左馬介に、沢瀉屋が聞き返した。

「お誘いはうれしいが、ちと条件が合わぬ」

左馬介がもう一度断った。

「合わぬ、条件が、なにを言われているので」

一日一分という高額な手当がもらえるのは、大工でいけば棟梁《とうりょう》、職人でいえば親方、どちらも名人と呼ばれる者である。

ちょっとした大工や職人は、せいぜいもらったところで一日六百文から八百文、駆け出しなら三百文くらいでしかない。

ましてや用心棒である。相当な武術の遣い手でも、一日五百文はもらえない。一日一分は銭にして一千五百文ほどになるのだ。とても左馬介では届く金額ではなかった。

「なにが不足だと」

さすがは大店の主だけに、沢瀉屋は左馬介相手に詰問ではなく、教えを請うた。

「日に一分、その日払い。つまりは、用がなくなればそこで終わり。先々のことは入っていない」

「なんと」

「…………」

沢瀉屋が黙った。

「比して分銅屋は夢をくれている。金も日払いではなく、月極《つきぎめ》でな。たしかに沢瀉屋どのが呈示した金額の半分にも満たないが、それでも先がある」

「夢でございますか。ご浪人さまの。やはり仕官を」

「いや、仕官したいのならば、田沼さまにお願いする」

仕官する気はないと左馬介が言外に告げた。

「それ以外の夢を分銅屋さんは用意していると」

「用意はしていないな。今は」

鉄扇術の道場という夢に取りかかるには、周囲がきな臭すぎた。

「言葉だけでございましょう。果たして、調《ととの》いますか」

夢などという曖昧《あいまい》なものを信用していいのかと沢瀉屋が揶揄《やゆ》した。

「それくらい見たいではないか。浪人という明日さえ保証されない身分なのだぞ」

左馬介が首を横に振った。

「やれやれ、もう少し賢いかと思いましたが……」

沢瀉屋がため息を吐いた。

「では、うちへ来てもらうのはやめまする。いや、来ていただかなくて結構」

「誘ったのはそちらの割に、口汚いの」

左馬介があきれた。

「割り切ったお話としましょうか。どうです。わたくしを田沼さまにご紹介いただけませんか。十両出しますよ」

沢瀉屋が直截《ちょくさい》な話に変えた。

「安すぎますな」

「誰だ」

「分銅屋どの、のんびりだの」

割りこんだ声に、沢瀉屋が警戒し、左馬介が苦笑した。

分銅屋のすぐ前で話をしているのだ。ここ最近の騒動で目敏《めざと》くなっている番頭が気づかないはずはない。そして相手が左馬介だとわかったならば、即座に分銅屋仁左衛門へと報告される。そう左馬介は読んでいた。

「いや、諫山さまが揺らがれると思ってなどはおりませんよ」

隠れて聞いていたことを分銅屋仁左衛門が堂々と明かした。

「それよりも沢瀉屋さんが、どれほどの値段を田沼さまに付けられるかに興味がありましてね」

分銅屋仁左衛門が立ち聞きをしていた理由を口にした。

「これは分銅屋さんですか。盗み聞きとはあまり品のいいまねではございませんな」

衝撃から立ち直った沢瀉屋が分銅屋仁左衛門へ苦情を付けた。

「他家の雇い人に引き抜きをかけるという行儀の悪いまねよりは、ましでしょう」

分銅屋仁左衛門が言い返した。

「使える者を手に入れるのは、商人の基本ですよ」

「金で頬をはたくようなまねをするのが、商人の常識だと言われる」

嘯《うそぶ》く沢瀉屋に、分銅屋仁左衛門が確かめるように言った。

「商人は金で戦う。それを今更言わねばなりませんか。金を大小に替えるだけで利ざやが取れる両替という商いはやさしいですな」

沢瀉屋が分銅屋仁左衛門を嘲笑《ちょうしょう》した。

「いえいえ。さようでございましたか。では、こちらも遠慮なくできますな」

「遠慮なくできる……なにがで」

何度もうなずく分銅屋仁左衛門に、沢瀉屋が怪訝《けげん》な顔をした。

「じつは先日新しい商売に手出しをしましてね。湯屋を建ててみましたのですよ。代々両替と金貸しでやって参りましたが、いや、新しい商いもおもしろいものだと思いましてね」

分銅屋仁左衛門が沢瀉屋を見てにやりと笑った。

「まさか……」

沢瀉屋が気づいた。

「針仕事する女たちが、靡《なび》かなければいいですなあ。わたくしは金にあかしません
よ」

「うちの針子たちを引き抜くつもりか」

口《つ》の端を吊り上げている分銅屋仁左衛門に沢瀉屋が低い声を出した。

「引き抜く……いいえ、こちらに来てくれるのですよ」

平然とした表情で分銅屋仁左衛門が続けた。

「心配されることはありませんよ。沢瀉屋さんが女たちを大切に扱っておられれば、
不意に現れた畑違いの商人の話なんぞ聞きませんから。そうでございましょう、諫山
さま」

「だの」

分銅屋仁左衛門に投げかけられた左馬介が首肯した。

「うぬぬ」

嘲《あざけ》られたと気づいた沢瀉屋が歯がみをした。

「足下が明るいうちにお帰りなさい」

分銅屋仁左衛門が手を振った。

「覚えているがいい。うちにも手蔓《てづる》はある。田沼だけが力を持っているわけじゃないことを知るがいい」

沢瀉屋が捨てぜりふを吐いた。

「覚えていていいのですか。明日、田沼さまにお目にかかりますが、そのときに思い出しますよ。沢瀉屋さんのことを」

「…………」

沢瀉屋が絶句した。

「お互い、二度と会うことのないように、忘れるべきでしょう」

「……忘れる」

分銅屋仁左衛門にもう一度言われた沢瀉屋が、苦渋に満ちた顔で首を縦に振った。

「さて、店に入りますか」

沢瀉屋の背中を見送った分銅屋仁左衛門が、左馬介を誘った。

「まったく、酷《ひど》い目に遭った」

奥の間で腰を下ろした左馬介が思わず漏らした。

「他にもなにか」

分銅屋仁左衛門が訊いた。

「……湯屋からの途中でな」

一瞬、村垣伊勢との接触が頭に浮かんだ左馬介は、それを隠して宇佐美の話をした。

「主家の名前は言わずに、一席設けると」

「住所を訊かれたので教えておいたが、よかったか」

すでに遅いが、左馬介が確認を求めた。

「別段かまいませんよ。どうせ、知っているでしょうし」

問題はないと分銅屋仁左衛門が手を振った。

「お茶をお持ちいたしました」

喜代が盆の上に茶碗《ちゃわん》を二つ載せて入ってきた。

「ご苦労だね」

分銅屋仁左衛門が喜代から茶碗を受け取った。

「すまぬな」

左馬介が手を出したが、喜代は茶碗を渡そうとはしなかった。

「いかがした、喜代どの」

「今助《いますけ》さんが、お出《い》でになりました」

「……今助……あっ、湯屋の」

喜代の出した名前に、左馬介は思いあたった。

「いけませんなあ、諫山さま」

茶を啜《すす》りながら、分銅屋仁左衛門も左馬介を非難した。

「なにをなさっておられました」

喜代が左馬介を睨んだ。

「な、なにもしておらぬ」

左馬介が強く否定した。

「風呂は裸で入りますよね。今助が加壽美姐さんの身体は凄かったと興奮しておりましたよ」

分銅屋仁左衛門が要らぬ情報を付けた。

「なにを言われるか。いつ誰が入ってくるかもわからぬ浴場でなにをすると」

「それはそうですな。今助もその様子はなかったと申しておりましたし」

「様子を窺《うかが》っていたのか、あいつ」

思わず左馬介が今助を罵《ののし》った。

「見たのでしょう」

喜代の声は低いままであった。

「なにをっ」

「加壽美さんの肌を」

問い返した左馬介に、喜代が氷のような目を向けた。

「湯気でなにも見えなかった」

左馬介が否定した。

「……そうですか」

茶碗を突きつけて、喜代が出ていった。

「早めに謝ったほうがいいですよ、諫山さま。女はしつこい」

「……なにもしていないのにか」

分銅屋仁左衛門の助言に、左馬介が脱力した。

第五章　遠き先祖

一

金に色は付かない。金は金である。

高橋外記は刀を売った金と、自宅から持ち出した金を合わせて二十両と少しを手にして、吉原にいた。

「どうするかの」

なじみの遊女との一夜を終えた高橋外記は、揚屋《あげや》の一階に設けられている浴室でつぶやいた。

「いかがなさいやした、高橋さま」

客の背中を流すのも揚屋の男衆の仕事である。

「儂《わし》に無礼を働いた者がおっての」

「会津藩の留守居役をお務めの高橋さまを」

男衆が愕《おどろ》きの声をあげた。

高橋外記が留守居役を辞めさせられたどころか、藩を脱走してきたなど吉原は気づいていない。

いずれは他藩の留守居役や、遊びにきた会津藩士から聞こえてくるが、それまでは高橋外記はまだ上客なのだ。

「二日か」

高橋外記は、それを二日と読んでいた。すでに一日、過ぎているので、あと一日で高橋外記は無銭飲食がばれて、素裸に剝《む》かれて吉原から追い出される。

もちろん、その前に高橋外記は逃げ出すつもりでいる。というか、一日名残になじみの遊女を抱きに来ただけで、風呂を出て遅めの朝餉《あさげ》を摂《と》った後、吉原から出ていくつもりでいた。藩と妻の対応が、高橋外記を慎重にしていた。ぎりぎりまで女を楽しもうとか、酒を味わおうなどという甘い考えを高橋外記は捨てていた。

とはいえ、今日の支払いは会津藩に付けていく。小さいが、高橋外記の復讐《ふくしゅう》であった。

「旦那……」

「なんでもない」

独り言を聞かれていた。高橋外記が首を横に振った。

「いえ、高橋の旦那に無礼を働いた馬鹿はどこの誰で」

「……知っておるか、浅草門前町の両替商分銅屋の用心棒よ」

さすがに分銅屋仁左衛門を相手にするだけのものを高橋外記は持っていなかった。

「分銅屋さんの用心棒でやすか」

男衆が首をかしげた。

先日左馬介は分銅屋仁左衛門に連れられて吉原に来たが、派手な遊びをしたわけでもない。数百人からいる吉原の男衆のすべてが左馬介を知っているはずもなかった。

「存じやせん」

「下手人《げしゅにん》なのよ、そやつは」

「そんな剣呑《けんのん》な奴《やつ》を、分銅屋さんが……」

言われた男衆が息を呑《の》んだ。

「うまく取り入っておってな。儂が用心棒を手放せと忠告したのだが……分銅屋は耳を貸さぬ」

辛《つら》そうな顔を高橋外記がした。

「なんとかできぬかの」

「申しわけもございやせんが、あっしらは吉原から出られやせん」

さりげなく要求した高橋外記に、男衆が首を左右に振った。

「そうであったな。繰り言であった」

高橋外記があきらめた。

「旦那、編み笠《あみがさ》茶屋佐渡屋《さどや》へお出《い》でくださいやし。あっしの名前を出していただけば、いい話が聞けるやも知れやせん」

「そうか。編み笠茶屋の佐渡屋か」

男衆の助けに、高橋外記が喜んだ。

編み笠茶屋とは、吉原の大門外に並んでいる茶屋のことである。地面すれすれまでの長い暖簾《のれん》で、外からなかを覗《のぞ》けないようにできており、僧侶や神官、身分のある武家、世間にはばかりある者が吉原へ行く前に利用した。

吉原へ入ったと世間に見つかると非難を受けるこれらの者が、ここで身形《みなり》を変えたり、顔を隠すための編み笠を借りるのだ。

大門外であるため、吉原の決まりに従わずともよく、それを利用して吉原の遊女屋、揚屋が経営していることが多かった。

「……助かった」

風呂から上がった高橋外記が、男衆に心付けを渡した。

「こいつはどうも」

男衆がうれしそうに金を押しいただいた。

吉原の忘八《ぼうはち》や男衆は無給が基本であり、客からもらった金だけが収入であった。もっとも店からお仕着せと日に二度の食事は支給されるため、生きていくには困らないが、煙草や食事のおかずなどは、己《おのれ》で買わなければならなかった。

「では、また来る。支払いはいつものようにな」

「へい。ありがとうございやした」

支払いを会津藩に押しつけて、高橋外記は揚屋を出た。

吉原は大門で世間と浮世を分けている。大門の内は、なにがあってもやり得《とく》、やられ損であり、幕府や大名でも口出しはできない。

たとえ、人殺しであろうとも吉原の大門内にある間は、町奉行所も手出しできない。

「ざまあみやがれ」

大門内に逃げこんで安心した人殺しや盗人《ぬすっと》でも、金があり、吉原のしきたりに従うならば、客である。

しかし、金がなかったり、しきたりを無視したり、世間と同じつもりで暴力を振るおうとしたりしたとき、吉原は敵になる。

遊女と寝ていても油断できない。

「ぐえっ」

金がなくなったのに女を抱こうして、睾丸《こうがん》を握り潰されたり、無理矢理しようとして、舌や逸物《いちもつ》を噛《か》み切られたりする。

「このやろう」

忘八や男衆も、愛想のある顔を一変させる。

なにせ、相手を傷つけようが、死なそうが、幕府は介入してこない。取り押さえようという遠慮がないだけに、よほど腕のある浪人でも抵抗は難しい。

「おい、高橋さまはどこだ」

揚屋に遊女屋の忘八が駆けこんできた。

「先ほど出られたが、どうかしたのか」

男衆が訊《き》いた。

「会津藩のお方が見世《みせ》へお出でになり、高橋外記さまを、いや、高橋を追放したと。今後は藩といっさいかかわりはないゆえ、そう心得ろと」

「じゃあ、昨夜の勘定は……」

「払わぬとよ」

おずおずと尋ねた男衆に忘八が嘆息《たんそく》した。

「あの野郎」

男衆が走り出した。

「おい、どこへ」

後を追いかけてきた忘八が男衆に問うた。

「まだ大門内にいるかも知れねえ」

「なんだとっ」

忘八も顔色を変えた。

「いた」

吉原を貫く仲町通りを走った男衆が、大門まであと少しのところをゆっくり歩いている高橋外記の背中を見つけた。

「待ちやがれ」

「番所の衆、その侍を捕まえてくれ。薩摩守《さつまのかみ》だ」

男衆と忘八が叫んだ。

「薩摩守だと」

番所から詰めていた忘八が顔を出した。

薩摩守は源平の合戦で有名な平《たいらの》薩摩守忠度《ただのり》のことで、その諱《いみな》の忠度と遊女にただでのるをかけた隠語であった。

「どいつだ」

吉原にとって遊女は命の糧《かて》である。遊女を働けないようにする暴力や金を払わずに遊んだ客は許せない相手であった。

「もう、ばれたか」

高橋外記が叫び声に気づいた。

「出てしまえば……」

吉原のことは吉原で、の裏は、大門を出てしまえば忘八や男衆はなに一つできないという意味である。

金が足りなかったときの付け馬は認められているが、払わなかったからといって大門を出た客を押さえることは許されていなかった。

高橋外記が走った。

「あいつだな」

「逃がすな」

番所の忘八たちが、高橋外記に目を付けた。

吉原番所は大門を入ったすぐ左にある。ここには、町奉行所の御用聞きも詰めている。下手人のような御手配者が大門を入るのを見張っているのだ。当然、吉原のなかでの話にはかかわらない。

「どけっ」

高橋外記が太刀《たち》を抜き、振り回して忘八たちの接近を邪魔しながら、外へ出ようとした。

「抵抗する気だな」

忘八たちが少しだけ勢いを落とした。

「棒を持ってこい」

番所から六尺棒が持ち出された。

「ふん、もう遅いわ」

高橋外記は大門まであと少しのところまで来ていた。

「投げろ」

番所の忘八頭《がしら》の合図で、六尺棒が高橋外記へ目がけて投げつけられた。

「うおっ」

背中と足に六尺棒が当たり、高橋外記がつんのめって転んだ。

「あっ」

高橋外記の手から太刀が離れた反動で、大門内に落ちた。

「くそっ。やめい」

転がった高橋外記の身体が、大門より出ていた。忘八頭が無念そうな顔で命じた。

「これで我慢するしかねえな」

忘八頭が落ちた太刀を拾った。

「はあ、はあ、助かった」

荒い息を吐きながら、高橋外記が安堵《あんど》した。

忘八衆の折檻《せっかん》は、厳しい。武士も年齢もかかわりなく、しきたりを破った者に遠慮なく与えられる。小さな穴を開けた桶《おけ》を伏せ、そのなかに閉じこめる。塩辛い握り飯だけ差し入れられ、水は一滴も与えられない。どんな頑強な者でも、これをされると三日保《も》たずに泣きわめく。あるいは、布を巻いた棒で指先から骨を砕いていく。布を巻いているため、骨は折れても、血は出ない。血が出なければ、そうそう人は死なない。

どちらも助けが来なければ、いずれ死ぬことになる。そして、助けとは詫び金《わきん》のことである。捕まった者の縁者が相応の金を持って、引きとりに来てくれれば助かる。藩から逃げ出した高橋外記のためには、誰も金を遣ってはくれない。

高橋外記が大門外で腰を抜かしたのも無理はなかった。

「太刀を失ったか」

取り返せはしない。高橋外記が嘆息した。

「どうしてこうまで、うまくいかぬ。ほんの十日前まで、このようなことはなかった」

会津藩の留守居役は、接待をするというよりされる側であったし、なにより藩の金で遊興ができた。藩財政が厳しくなったゆえ、三度に一度と回数は減らされたが、それでもうまい酒を呑み、いい女を抱いた。

いずれ留守居役を勤めあげたとして、用人か中老への出世は決まっていた。妻の実家の後押しもあれば、末席ながら家老職もあり得た。

順風満帆であったものが、あっという間に崩れた。

「吉原にまで手配が廻《まわ》ったということは……上意討ちも出るな」

上意討ちとは、藩主が家臣に対し、発するものである。謀叛《むほん》、逃走など理由は色々あるが、上意討ちが出されれば、旧知の者といえども油断できなくなる。

「こんなときにだけ、力を見せおって。儂が咎《とが》めを受ける前に、話を押さえてくれれば、よかったものを」

妻の実家が藩の名門ということが、上意討ちを誘ったと高橋外記は理解していた。姻族《いんぞく》とはいえ罪人が出るのは、名門の家にとって不本意極まりない。さっさと処断し、被害を最小限に食いとめようとしていると高橋外記はわかっていた。

「これで復帰の目は消えた」

大きく高橋外記が息を吐いた。

高橋外記としては、左馬介を排除することで、分銅屋仁左衛門に圧力をかけ、田沼意次との仲立ちをさせるつもりでいた。己の後始末ではあるが、田沼意次の機嫌を取り結べれば、藩へ帰参《きさん》も叶《かな》うと考えていた。

「儂ほどの者を失うのは、藩の損失じゃ」

藩でも世慣れた者がなれる留守居役としての矜持《きょうじ》から、高橋外記は己を高く買っていた。

そのために金を用意した。吉原へ寄ったのは、さすがに帰参が叶っても留守居役への復帰は難しい。また、失敗を知っている者の多い江戸に置かず、国元の会津へ戻されるのもまちがいない。そうなれば、吉原へ来ることももうできなくなるだろうと、惜別《せきべつ》の想いからであった。

だが、藩は高橋外記の思惑を否定した。

「かかわりなし」

藩は高橋外記を切り捨てた。

「ならば、こちらにも考えがある。一寸の虫にも五分の魂じゃ」

高橋外記が、暗い笑いを浮かべた。

二

左馬介は辟易《へきえき》していた。

「卒爾《そつじ》ながら……」

「畏れ入りまするが……」

毎日のように、左馬介のもとを訪れる者が続いた。

「申しわけないが、多忙で」

左馬介は相手にしなかった。

「そう言われずに」

「決して損はさせませぬ」

一同が声を揃《そろ》えて、左馬介を誘った。

「ご猶予をいただきたい」

露骨《ろこつ》に拒むとかつての沢瀉屋と同じになりかねない。

左馬介は逃げるしかなかった。

「それに湯屋《ゆや》にも行きにくくなった」

往復を勧誘の者たちに囲まれるのがうっとうしいだけではなく、村垣伊勢のことをときをおかずに分銅屋へと番頭が報《しら》せた。

「疲れたわ」

あの後、喜代の機嫌を取るのにかなりかかった。いや、まだ疑われている。

「飯の盛りが悪い」

今まで茶碗《ちゃわん》にそびえるほど盛られていた飯が、軽くなった。

「代わりを願いたい」

当然ながら、そのていどで腹が満ちるわけもなく、左馬介はお代わりを求めることになる。そのたびに、左馬介は喜代の顔色を窺《うかが》わなければならないのだ。不機嫌な顔をしながらでも喜代はお代わりをよそってくれるが、それでも気詰まりなのは確かであった。

「村垣どのもなにを考えておる」

左馬介の不満は村垣伊勢へも向かっていた。

村垣伊勢が左馬介との接触を隠そうとしているのはわかる。ただ、そのために柳橋芸者の加寿美を使うのがややこしい。

加寿美は日本橋の大店《おおだな》の主《あるじ》が、後添《のちぞ》えにと欲するほどの売れっ子芸妓《げいぎ》である。本人が嫌がっているため、一枚絵になったりはしないが、誰もが知っている。

その売れっ子芸妓が、うだつの上がらない浪人にまとわりつけば、目立つ。

「わざとやっているのだろうが……」

どこから漏れたのかはわからないが、加寿美と左馬介が湯屋で混浴していたという話はすでに広まっている。

裸で男女が二人きりになった。これでなにもないと言って、通るはずもない。

「なんのために村垣どのが、拙者《せっしゃ》に近づいたかなど、誰一人として考えぬ」

まさか左馬介が首を絞められながら、事情を訊かれていたと思う者などいない。

「拙者一人が酷《ひど》い目に遭わされている」

左馬介が愚痴った。

「とはいえ、分銅屋どのが田沼さまに近いとわかってきたからか、馬鹿が減った」

分銅屋仁左衛門の持つ金を狙ってきた盗賊や強請集《ゆすりたか》りの類《たぐい》の怖《おそ》れがなくなってきた。

もし、分銅屋に手出しをしたら、田沼意次の怒りを買うことになる。それこそ、町奉行所、火付け盗賊改め方が血眼《ちまなこ》になって捕縛しようとする。そうなればまず江戸にはいられない。

「はあ」

仕事前に疲れながら左馬介が分銅屋に入った。

「お疲れのようでございますな」

出迎えた番頭が笑った。番頭も喜代の態度を見ている。

「いや、恥じ入る」

左馬介が頭をさげた。

用心棒が明るいうちにくたびれていては、話にならなかった。

「客か」

土間に見慣れないくたびれた雪駄《せった》があることに、左馬介が気づいた。

「あの男が来ておるのでございますよ。赤観音の源介が」

番頭が奥へ聞こえないよう、声を潜めた。

「赤観音の源介が……」

鐚銭《びたせん》を利用して分銅屋から金を脅し取ろうとした無頼《ぶらい》の親分が、分銅屋仁左衛門のもとを訪れていた。

「まさか、また来るとは思わなかった」

「わたくしもでございますよ」

左馬介の驚きに、番頭も同意した。

「鐚銭を集めて欲しい」

脅しに失敗して、左馬介に押さえこまれた赤観音の源介を分銅屋仁左衛門が誘った。

「……どうやら終わったようだ」

左馬介が奥から足音と人の話し声が近づいているのを察知した。

「のようで」

すばやく番頭が左馬介から離れ、帳面を見始めた。

「ご苦労でした。また、頼みますよ」

「へい。任せてくだせえ」

分銅屋仁左衛門に言われた赤観音の源介が、辞を低くして去っていった。

「諫山さま、お願いできますか」

「お出かけか」

「はい。田沼さまのお屋敷まで」

左馬介に訊かれた分銅屋仁左衛門が答えた。

「お供しよう」

「これをお願いしますよ」

うなずいた左馬介に、分銅屋仁左衛門が小さな革袋を渡した。

「重いの」

革袋を受け取った左馬介が驚いた。

「鐚銭が入っておりますから」

雪駄を履きながら、分銅屋仁左衛門が答えた。

あいにく田沼意次はまだ城から下がっていなかった。

「待たせていただいても」

分銅屋仁左衛門が直接話をしたいと、用人の井上に要望した。

「殿より、分銅屋どのの望みには添うようにと言われておる。ただ、他の来客と顔を合わすのはよろしくなかろう」

面会の順番待ちをする者が入る客待ちではまずかろうと、井上が別座敷を用意してくれた。

「もてなしはできぬが、辛抱《しんぼう》してくれ」

田沼家は家重の寵愛《ちょうあい》を受けて、急激に立身した。そのため譜代《ふだい》はもちろん、外様《とざま》、新参を合わせても、家臣が足りないため、放置することになると井上が、最初に詫びた。

「お気になさらず。お邪魔にならぬよう大人しくいたしておりまする」

分銅屋仁左衛門が首肯《しゅこう》した。

それでも茶は出してもらえた。

「気遣っていただいておりますな」

茶を一口含んだ分銅屋仁左衛門が、いい茶葉だと感心した。

「善《よ》し悪《あ》しはわからぬが、濃いな」

左馬介も茶を飲んだ。

「お気づきでしたかな、面会待ちの行列のなかに沢潟屋がおりました」

「いたの。親の仇《かたき》とばかりに睨《にら》んでおった」

分銅屋仁左衛門に言われた左馬介が嫌な顔をした。

「一刻（約二時間）以上並んでいながら、門内に通してもらえていない。その横を涼しい顔で抜いていけば、嫌われましょう」

「よいのか、商いに差し障《さわ》るのではないか」

左馬介が慮《おもんぱか》った。

「両替だけならば、少しは遠慮しなければいけませんが、金貸しは関係ございませんからね。わたくしに借りなくても用が足りる御仁は端《はな》からお見えになりませんし、わたくしから借りなければならないお方は気に入らぬなどと言える立場ではございません」

分銅屋仁左衛門が平然と述べた。

「それはそうだ」

左馬介が納得した。

「ところで、諫山さま。喜代を娶《めと》るお気持ちにはなりましたか。そろそろ喜代も年増と呼ばれる歳頃《としごろ》でございますのでね。早めによいところへ嫁がせてやりたいと思いまして。もちろん、加壽美姐さんと所帯を持たれるというのならば、わたくしは喜んで後押しいたしますよ」

にやりと笑って分銅屋仁左衛門が話を変えた。

「な、なっ」

不意討ちを受けた左馬介が焦った。

「それともお悩みですかな。喜代は眉目《びもく》も悪くないし、なんといっても家事が得意。多少嫉妬深いところはありますが、いい長屋の女房になりましょう」

まず分銅屋仁左衛門が喜代を持ちあげた。

「加壽美姐さんは、江戸でも知られた美形。あれだけの女は、そうそうおりません。座持ちもうまい。頭がいいのでしょうなあ。将来の道場を切り回すだけの器量はお持ちのようで」

続けて分銅屋仁左衛門は、加壽美を褒《ほ》めた。

「いや、それが」

左馬介はおたおたとした。

加壽美の正体が女お庭番だとは言えないのだ。だからこそ、加壽美こと村垣伊勢はないと断言はできない。

「是非とも聞きたいの。余も」

襖《ふすま》が開いて、田沼意次が入ってきて、話に加わった。

「これは、田沼さま。お邪魔をいたしております」

「…………」

すばやく分銅屋仁左衛門が姿勢を正した。左馬介はなにも言えず、小さくなるしかなかった。

「ふふふ、おもしろいことだ」

楽しそうに笑いながら、田沼意次が上座へ腰を下ろした。

三

「お疲れのご様子」

分銅屋仁左衛門が、田沼意次の表情に疲れを見て取って、気遣った。

「城中は、馬鹿しかおらぬ」

田沼意次が吐き捨てた。

「老中どもからして、上様を軽く見ておる」

「ご老中さまが……」

「そうよ。余が仰せつけられておるお側御用取次《そばごようとりつぎ》というお役目はな、上様へお目通りを願う者どもの用件を聞き取り、取り次ぐべきかどうかを判断するものじゃ」

目を剝《む》いた分銅屋仁左衛門に、田沼意次が話し出した。

「それがじゃ、最近、とみに減ってきておる」

「取り次ぎをお求めになるお方の数でございますか」

「そうよ」

分銅屋仁左衛門の確認に、田沼意次がうなずいた。

「これがなにを意味するかわかるだろう」

「皆さまが上様を頼りになされておられぬと」

問われた分銅屋仁左衛門が答えた。

「そうじゃ。まことに残念だが、上様は幼少の砌《みぎり》に患《わずら》われたお病でご意思の通達が難しい。それゆえに、上様へご報告申しあげても無駄だと考える愚か者が多い」

田沼意次が苦い顔をした。

「まったく、老中がなにさまだと思いおるのか。天下の執政《しっせい》と申したところで、徳川の家臣でしかない。それが上様をないがしろにするなど、思いあがるのも甚《はなは》だしいわ」

「お怒りごもっともでございまする」

分銅屋仁左衛門が田沼意次を宥《なだ》めた。

「上様がなにもおわかりでないと思っておるならば、大きなまちがいである。たしかにお言葉はご不自由なれど、上様はすべてをご存じである。大岡出雲守どのも政《まつりごと》の機微をおわかりじゃ。ただ、側近が口出しをすれば、世が乱れるとおわかりゆえ、なにも言われぬだけ。いずれ、愚か者どもには鉄槌《てっつい》がくだろう」

田沼意次が不満を終えた。

「いや、すまなかったの。城中で口にできることではないでな」

「いえいえ、どのようなことでもわたくしどもをお頼りくださり、まことにうれしく思いまする」

分銅屋仁左衛門が、田沼意次の謝罪に手を振った。

「さて、待ってまで余に会いたいとはなにごとか」

田沼意次が用件を問うた。

「こちらをご覧いただきたく」

革袋を逆さにして、分銅屋仁左衛門が鐚銭《びたせん》を出した。

「……これは……銭か」

手を伸ばして一つ摘《つま》みあげた田沼意次が確認した。

「銭と申せますか。それはおそらく御上《おかみ》が造られたものではなく、私鋳銭《しちゅうせん》ではないかと」

「私鋳銭……勝手に銭を造っていると申すか」

分銅屋仁左衛門の答えに、田沼意次が驚愕《きょうがく》した。

通貨の発行権は天下の政をおこなっている者の特権であった。これは度量衡《どりょうこう》と並んで、そのときの天下人が定め、決して侵してはならなかった。

度量衡も通貨も統一しなければ、政にとってつごうが悪いからであった。

まず長さと重さが統一されていなければ、一々お互いですりあわせなければならなくなる。

「一升の米」

この一升が全国で同じでなければ、年貢の徴収に困る。

「一尺四方」

この一尺が統一されていないと、家を建てることさえ難しくなる。

なかでも通貨は厳しい統制をかけられていた。

通貨は、ときの天下人が制定する。いや、通貨の発行は、天下人の特権であった。金は陸奥《むつ》であろうが、江戸であろうが、薩摩であろうが、一文は一文でなければならないのだ。

「銭は江戸で四文、陸奥で二文、薩摩で三文になる」

このようなことになっては、取引、すなわち商いが成立しなくなる。物価は地方によって上下する。これは当たり前である。米のよく穫《と》れるところは、米が安くなる。海辺の町は魚が安いのに対し、山奥に行けば高くなる。

「米一升で魚の干物一枚」

かつては、商いはなく、物々交換であった。交換したいと思っている者の思っている価値が一致すれば、取引が成立した。

しかし、これは価値が合わなければなりたたない。なにより取引できるものを持っていないとなにも得られない。

そこで現物に代わるものとして、通貨が発明された。

当然、通貨はその交換するものと同じ価値がなければならない。

「この銭は四文である」

それを保証するのが、天下人であった。

私鋳銭は、その保証を揺るがしかねない悪事であった。あからさまに偽物《にせもの》とわかる粗悪な私鋳銭ならば、まだ気がつくが、見た目が変わらない出来のよいものだと、そのまま通用してしまう。

だが、いつかはばれる。

「これは偽金《にせがね》でございますな」

分銅屋仁左衛門のような両替商は、どれだけ精巧な偽金でも見抜く。毎日、本物に触れていると、わずかな差異に気づきやすくなるからだ。

そして偽金と判断されれば、それは無価値になる。

「そんなはずはない。これは商いで……」

金を持ちこんだ者にとって、納得できるはずもない。

だが、それを認めることはできないのだ。金は天下人だけが造り、同じ価値を持つ。これが商いの大前提であった。

そこに金の含有率が低い粗悪な小判が混じれば、受け取った者が損をする。通貨の信用がなくなることは、天下を担うものへの信頼がゆらぐのと同じであった。

「まさか、私鋳銭がまだあるとは……」

田沼意次が衝撃を受けていた。

当たり前のことだが、ときの権力者、通貨の発行を一手に握っている者は、私鋳銭を認めていない。たとえ、中身が現用通貨より勝っていても、私鋳銭は罪であった。

とはいえ、徳川幕府は各地の大名たちを支配しているだけで、その領地まで管轄してはいない。そこまでの人材が足りないし、もともと徳川幕府を創立した家康が、諸大名の後押しで天下人になれたという経緯もあり、各地の大名領のなかに限った場合は別であった。

「領内だけで通用する貨幣を造りたく」

幕府へ届け出れば、よほどのことでもないかぎり認められた。とはいえ、通貨というより、紙幣であり、額面となる金額を印刷した藩札《はんさつ》が普通であった。

「藩札以外の私鋳銭が江戸に……」

田沼意次が分銅屋仁左衛門の目的を汲《く》んだ。

藩札以外でも、寛永通宝《かんえいつうほう》を模した銭を造っている藩はあった。もちろん、御法度《ごはつと》ではあるが、幕府もその藩内だけで通用しているぶんには見て見ぬ振りをしていた。

というのも通貨を偽造できる施設を運営できるのは、徳川家も遠慮しなければならないほどの大大名であると同時に、江戸から遠く離れており、目付を送り出すことも難しいところになる。

「どこで偽金を造っておるか」

矜持《きょうじ》の高い目付に、隠密《おんみつ》のまねはできない。供を引き連れ、騎乗で堂々と行くのである。十二分に隠蔽《いんぺい》するだけの余裕を与えることになり、目付が踏みこんだときには、証拠の一つもない。

「疑いの目を向けられるとは、迷惑千万である」

有力大名からの苦情は厳しい。

「申しわけなし」

幕初ならばともかく、徳川幕府も九代を重ね、外様大名との縁も深くなっている。加賀の前田家のように、当主が徳川家の血を引いているところも多い。

担当の目付を罷免《ひめん》するだけではすまず、老中の進退にまで影響が出かねない。

「江戸に入ってこなければよし」

幕府はよほど派手なまねをしなければ、見て見ぬ振りをする。

というのも、私鋳銭は商人が受け取らないからである。

「これでお支払いはちょっと」

藩札は領内だけとはいえ通用するが、私鋳銭は表向き禁止されている。受け取って、そのまま相手方への支払いで遣えればいいが、そうでなければ店に持ち帰り、どこかで使用することになる。私鋳銭を受け取って遣わなければ、それはただでものを渡したに等しく、商人のすることではなかった。

だからといって、私鋳銭を遣うわけにはいかない。基本、私鋳銭は遣った者の罪になる。

結果、私鋳銭はまず領内から出なかった。

「私鋳銭が江戸に、それもこれほど粗悪なものが出回っている。個人が領内を出るときに持ち出したのではないのか」

分銅屋仁左衛門の言葉に田沼意次が問うた。

「遣えないものをわざわざ持ち出すとは思えませぬ。それならば、多少の損を覚悟して、領内で通用の銭に交換するでしょう」

鐚銭にもいろいろあり、幕府が正式に造った寛永通宝の欠けたものや、遣いすぎですり減ったものなどは、持っていても御法度にはならない。もっとも額面の半分か、最小単位である一文にしかならない。と同じように私鋳銭にも相場があった。

「たしかにそうじゃな」

田沼意次がうなずいた。

「これはどこで」

「さようでございました。経緯を省いてしまいました。これはでございますな……」

どこで手に入れたと訊かれた分銅屋仁左衛門が、赤観音の源介との出会いから語った。

「……ふむう」

聞き終わった田沼意次が腕を組んだ。

「博打場《ばくちば》か……御法度の場所に御法度の私鋳銭」

田沼意次が眉間《みけん》にしわを寄せた。

「気になるの」

「はい」

二人が顔を見合わせた。

「出所を調べられるか」

「難しゅうございまする。博打場には博打場の決まりがあり、こちらのつごうは通じませぬ」

分銅屋仁左衛門が首を横に振った。

「町奉行所に手入れをさせるか」

「無理でございましょう」

無頼には町奉行所をあてがえばいいと考えた田沼意次に、分銅屋仁左衛門がため息を吐《つ》いた。

「なぜじゃ。無頼は町奉行所を怖れるはずだ」

「町奉行所は役に立ちませぬ」

田沼意次に向かって、分銅屋仁左衛門が力なく否定した。

「役に立たぬ……説明をいたせ」

「……町奉行所の役人たちには、無頼から手が回っておりまする」

「町奉行所の役人どもが、無頼から金を受け取っておると」

「はい」

分銅屋仁左衛門が説明した。

「……嘆かわしいことだ」

田沼意次が瞑目《めいもく》した。

「武家に金の強さを教えこもうとしてきたが、すでに町奉行所の役人たちは体現していたとはな。やはり上に立つ者ほど、世間を知らぬ」

「己で買いものさえなさらないのでございますから、金の持つ力も落とし穴もご存じなくて当然かと」

嘆く田沼意次に分銅屋仁左衛門も同意した。

「身分が高い者ほど、世間を知らねばならぬ。八代将軍吉宗公が、名君であらせられたのは、紀州におられたころ、城下で生活をなされていたからじゃ」

「……………」

「母親の身分が低く、紀州徳川の連枝《れんし》として認められなかった吉宗公は、家臣の屋敷で育たれ、毎日のように城下を散策されたという。そのときに米は一升でいくら、味《み》噌《そ》は一玉でいくらかをお知りになられた」

「なによりのことでございまする」

分銅屋仁左衛門が称賛した。

「それをわかりながら、老中どもは、誰一人町に出ようとさえしなかった」

田沼意次が腹立たしげに吐き捨てた。

「ものの値段を知らないだけでなく、それが高くなったのか、安くなったのか、それさえ気にせず、よくぞ政をしていると言えたものだ」

まだ田沼意次の怒りは治まっていなかった。

「代を重ねると、商人でも同じでございまする。先祖が苦労して店を立ちあげたことなどなかったかのように、生まれつきわたしは大店の主だと、いいえ、生まれついての大商人だと思いこみ、なんの努力もしない者が山のようにおりまする」

「商売というのは、そんなに甘いものではなかろう」

分銅屋仁左衛門の話に、田沼意次があきれた。

「はい。まあ、本人に商才がなくとも、それを支える番頭たちができているので、なんとかなっておりますが……なかには馬鹿息子が要《い》らぬことに手を出して、店の屋台骨をゆらがしたり、へし折ったりしたということもございまする」

「それが当然なのだがな。武家だけでなく、商人も泰平に慣れてしまったか」

田沼意次が肩を落とした。

「ああ、いかぬ。そなたとおるといくらでも愚痴が出る」

小さく田沼意次が笑った。

「鐚銭に話を戻すが、なんとか出所を探ってくれ」

難しいと言った分銅屋仁左衛門をわかっていながら、田沼意次が頼んだ。

「ご期待いただいても……」

自信なさげに分銅屋仁左衛門が首をかしげた。

「できるだけでよい」

田沼意次が条件を緩《ゆる》くした。

四

殿中《でんちゅう》での席次は、大名にとって死活問題であった。

「長年の忠節を認め、席次をあらためる。雁の間《かりのま》から帝鑑《ていかん》の間へと移るべし」

「かたじけない仰《おお》せ」

お取り立て譜代の間と呼ばれる雁の間から、古来譜代の間とされる帝鑑の間への移動は、一代の栄誉である。

「こたびのこと、お気に召さぬゆえをもって、帝鑑の間から菊の間へと移す」

「なにとぞ、お許しを」

大名にとって石高を減らされるより、格を下げられるほうが辛い。

「新しい座はいかがかの」

「貴殿がおられなくなったおかげで、帝鑑の間が広くなりもうした」

殿中で嘲笑《ちょうしょう》の的になる。

「気分が優れぬ」

結果気鬱《きうつ》になって隠居することになった大名も多い。

それだけ座というのは重かった。

「水戸家のご重職さまにお目にかかりたい」

小石川《こいしかわ》の水戸家上屋敷へ、高橋外記が訪れた。

「貴殿は」

まだ藩を逃げ出して、数日である。吉原に泊まったとき、月代《さかやき》も髭《ひげ》もあたっている。腰に太刀がないことが、おかしいといえばおかしい。しかし、最近重い太刀は外し、脇差《わきざし》だけという者も増えている。

水戸家の門番は、高橋外記を追い払わなかった。

「会津藩留守居役であった高橋外記と申しまする。胡乱《うろん》とお考えならば、貴藩の留守居役但馬《たじま》久佐《ひさすけ》どののお確かめをいただきたく」

高橋外記が宴席で何度か顔を合わせたことのある水戸藩の留守居役の名前を出した。

「但馬どのだな。しばし、待たれよ」

門番が高橋外記を留《とど》めた。

「……おおっ。たしかに高橋どのだ」

しばらくして戻ってきた門番に同伴していた初老の藩士が、高橋外記を見てうなずいた。

「但馬どの、仙台藩の花見以来でござる」

高橋外記が喜んで手をあげた。

「お久しいが、当家になにか」

但馬久佐が怪訝《けげん》な顔をした。

留守居役には、同格の大名で作る同格組、藩境を接する近隣組などがあり、組内での交流はある。

水戸藩と会津藩は、同格組にあった。

同格組同士というのは、利害関係になりにくい。幕府への影響力も等しく、領地もそこそこ大きい。相手になにかを頼むということはあまりなかった。

同格組が顔を合わせるのは、婚姻、あるいは養子縁組などを求めるときくらいであった。

「少し、お耳を拝借」

高橋外記が、内緒話を求めた。

「なんでござろう。面倒ごとはご勘弁いただきたいが……」

嫌そうだったが、会津藩とのかかわりを悪くするのは避けたいのか、但馬久佐が顔を寄せた。

水戸藩と会津藩とはともに仙台藩を見張るという役目があり、同格組のなかでもつきあいが深い。

「会津藩が大廊下詰めへと格上げを求めておりまする」

「なんですと」

聞かされた但馬久佐が驚愕した。

「だけではございませぬ」

「ま、まだござるのか」

但馬久佐の腰が引けた。

「……但馬さま。目立ちまする」

門番が但馬久佐に注意を喚起した。

「おおっ。であったな。よろしければ、高橋どのなかへ」

「そうさせていただければ……」

高橋外記が誘いを受けた。

「……高直しまで」

己の長屋へ招いた高橋外記から聞いた但馬久佐が絶句した。

「三十万石とは。恐れ入る」

但馬久佐が水戸家よりも多い表高《おもてだか》に、首を横に振った。

「まさかと思いまするが、偽りではございますまいな」

「もちろんでござる」

「なぜに、そのようなまねを」

うなずいた高橋外記に、但馬久佐の目つきが厳しいものになった。

「……恥を話さなければならないのでござるが……」

高橋外記が出奔《しゆつぽん》にいたるまでの経緯を語った。

「なるほど。それで藩を」

「おわかりいただけますか、拙者の悔しさを」

「…………」

同意を求めた高橋外記に、但馬久佐が返答をしなかった。

「見返りは」

但馬久佐が高橋外記に要求を訊いた。

「当家に召し抱えて……」

「それはできませんぞ。貴殿を仕官させたとあっては、会津藩に喧嘩《けんか》を売るも同然になりましょう」

放逐《ほうちく》された者を召し抱えるだけでも、面倒を抱える。それが出奔した者となれば、まちがいなく騒動になった。

高橋外記のように罪を言い渡される前に逃げ出した者はもちろん、なんの咎《とが》めもなく出奔した者も、藩にとっては重罪人になった。

これは武士の根本たる忠義にもとる行為であるからであった。つまりは、仕えるに値しないと、家臣が主君を見限る行為だからだ。

武士は恩と奉公でなりたっている。禄《ろく》を与える代わりに、忠義を尽くす。ならば、禄を捨てれば忠義を尽くさなくてもよい。たしかにそれは正しいが、主君からしてみれば、知行《ちぎょう》を捨て去ってまでも、仕えたくはないと言われたに等しい。これは大恥であった。

「仕官は叶いませぬか……」

高橋外記がほんの少しだけ落ちこんだ。

「いたしかたございませぬな」

「ずいぶんとあっさりしておるな」

あきらめた高橋外記に、但馬久佐が驚いた。

藩を脱したとの話に、但馬久佐の口調がぞんざいになり始めていた。

「その代わりと申してはなんでございますが、別のお願いがございまする」

「別の願い……金か」

浪人が欲しがるものといえば、まず仕官の口、次が金であった。

「金はいただければありがたい」

但馬久佐の問いかけに、高橋外記が答えた。

「いただければ……他に望みがあるのだな」

人の機微《きび》を窺うのが留守居役である。但馬久佐が見抜いた。

「わたくしの肚《はら》を宥《なだ》めていただきたい」

高橋外記が分銅屋仁左衛門と左馬介の話をした。

「浅草門前町の分銅屋といえば、あの主殿頭《とのものかみ》出入りの両替屋じゃな」

但馬久佐が分銅屋仁左衛門のことを知っていた。

「当家の屋敷とは遠いゆえ、つきあいはないが……ふむ」

しばらく但馬久佐が思案に入った。

「分銅屋の財は十万両をこえると言いますぞ」

「十万両……」

高橋外記の口出しに、但馬久佐が息を呑《の》んだ。

「御三家さまの出入りとなれば、箔《はく》が付くと分銅屋も喜びましょう」

もう一段高橋外記が煽《あお》った。

「……………」

但馬久佐がより深く悩み始めた。

水戸徳川家の窮迫は、幕初からといっていい。水戸徳川家の二代目当主光圀《みつくに》が、勤王思想に染まり、正しい歴史を残すとして、全国から名のある国学者を招いて、藩士として召し抱え、大日本史の編纂《へんさん》に取りかかった。

それこそ神代の物語から、今にいたるまでの歴史を調べ、まとめあげる。事跡を調べるまで人を九州や奥州まで派遣し、文献を調べるなど、まさに大事業であった。それこそ、国家が総力を挙げておこなわなければ成りたたないこれを、二十八万石の水戸徳川家がやる。抱える人の禄、調査の費用など、金が湯水のごとく流れていく。

しかもその大事業は、百年経《た》っても終わっていなかった。

「これはもう一度調べねばなりますまい」

「これについては、今少し文献を集めて、検討せねばなりませぬな」

雇い入れられた国学者たちが、なんやかんやと理由を付けて、結論を出さずに、引き延ばすのだ。

そう、大日本史ができあがってしまえば、国学者たちは仕事を失う。それを防ぐためにわざと手間をかけていた。

「まだか」

勘定方や家老が国学者たちを急《せ》かすが、

「文字一つといえどもなかなかにおろそかにできませぬ。それに光圀公の御遺言でございまする」

光圀の指示を守るためだと国学者が首を横に振る。

「急げ。あと、無駄な費《つい》えはせぬように」

二代藩主の遺言だと言われれば、それまでであった。

大日本史も水戸徳川家の足を引っ張るが、藩のあり方も悪かった。

水戸徳川家は御三家の一つとされているが、そのじつは紀州徳川家の控えでしかなかった。

水戸徳川家の初代頼房《よりふさ》は、紀州徳川家初代頼宣《よりのぶ》と同母の弟にあたる。母が違えば、そこに長幼の序をこえた序列ができるが、同母となると兄が格上となり、弟は控えになった。

つまり、水戸徳川家は紀州徳川家に人がいないときに、初めて将軍継嗣《けいし》を出すことができる。

水戸徳川家は御三家のなかで一段低い扱いを受けていた。

そのせいか、水戸徳川家は独立した藩としての扱いを受けていなかった。尾張徳川家、紀州徳川家が参勤交代をしなければならないのに、水戸徳川家は定府《じょうふ》として江戸に在し、国入りは襲封《しゅうほう》のときだけしか許されない。

参勤交代をしなくていいというのは、無駄な金を遣わなくていいと思いがちだが、水戸徳川家は違った。

水戸が江戸と近く、参勤交代をしても二日か三日ですむため、その費用は少ない。対して江戸は物価が高く、在府の費用が嵩《かさ》む。そうでなくとも定府の家柄となると、国元より江戸に藩士を多く配さなければならないのだ。

この二つの要因で、水戸徳川家の内証《ないしょう》は、火の車であった。

「分銅屋に痛い目を見せてくれと申すのだな」

「さようでございまする。あとは、分銅屋から幾ばくかの宥め料を取っていただければ、それでけっこうでございまする」

復讐とこれから先の生活の費えを高橋外記は要求した。

「しばし、待て。御家老さまに伺って参る」

但馬久佐が、高橋外記を長屋に残し、表御殿へと向かった。

「……会津が格上げと高直しを狙っておるだと」

但馬久佐からの報告に、江戸家老中山修理亮《なかやましゅりのすけ》が唸《うな》った。

「庶子と同列に扱われるなど、認められることではないぞ」

中山修理亮が怒った。

「しかも高直しで三十万石だと……当家を上回るつもりか」

「いかがいたしましょう」

怒気も露《あら》わな中山修理亮に、但馬久佐が尋ねた。

「なんとしてでも会津藩の望みを潰《つぶ》せ」

「……ですが」

但馬久佐が口ごもった。

「金か……」

すぐに中山修理亮も気づいた。

会津藩の狙いを潰すには、老中たちを懐柔しなければならない。最終は家重の判断になるとはいえ、まともにしゃべれない将軍とくれば、結果は老中の段階で決まるといっていい。

「御老中方の上申をそのまま認められるばかりだというが……」

「と城中でも噂《うわさ》されております る」


留守居役は城中の噂にも詳しくないと務まらない。

中山修理亮の発言に但馬久佐が同意した。

「御老中には相当な額を渡さねばなるまい」

「たしかに御老中さまのご機嫌は結んでいただかねばなりませぬが、それより前に奥《おく》右筆《ゆうひつ》を押さえなければなりませぬ」

むつかしい顔をした中山修理亮に、但馬久佐が告げた。

「奥右筆か。そうだな。いかに会津が願いを出そうとも、奥右筆が相手にせねば、ことは御老中方のもとへ届かぬ」

中山修理亮が納得した。

奥右筆は幕府の表にかかわるすべての文書を取り扱う。そして奥右筆には、どの文書から処理するかの権限が与えられており、奥右筆の機嫌次第でその日に通過できたり、十日ほったらかしになったりする。

「奥右筆ならば、金で動くな」

「はい」

確認する中山修理亮に、但馬久佐が首を縦に振った。

「金か……」

はじめの問題に中山修理亮が戻った。

「いかがでございましょう、高橋の申しました分銅屋を使ってみては」

「両替屋か。金はあるな」

「水戸家出入りの看板を売りつけましょう」

中山修理亮の呟きに、但馬久佐が述べた。

「任せる。うまく会津の野望を潰せたときは、中老の席を用意してくれる」

「わかりましてございまする」

思うように動けと言った中山修理亮に、但馬久佐が請《う》けた。

五

分銅屋仁左衛門は、田沼意次から頼まれた鐚銭《びたせん》のことで頭を悩ませていた。

「どうすればいいのでしょうかね」

鐚銭を掌《てのひら》の上に置いて、分銅屋仁左衛門がため息を吐《つ》いた。

「見廻《みまわ》りを終え……また、それでござるか」

店の周囲の異状の有無を確かめてきた左馬介が、分銅屋仁左衛門の姿にあきれた。

「どこで造ったかなど書いておらぬだろうに」

「それはそうなんでございますがね。こうやって見ていると銭《ぜに》の声が聞こえてこないかと思いまして」

言われた分銅屋仁左衛門が苦笑した。

「銭の声でござるか。そのようなものが聞こえるというのは……」

左馬介が少し引いた。

「聞こえますよ。小判たちからはよく、どのように遣《つか》ってくれと、小判が求めてくる。それに合わせてやれば、まず、商いはしくじりません」

「…………」

堂々と述べた分銅屋仁左衛門に、左馬介が黙った。

「そう逃げ腰にならずとも。実際は聞こえませんよ。そこまでわたくしもおかしくはありませんからね」

笑いながら分銅屋仁左衛門が手を振った。

「ただなんとなく、このお方には金を貸していいとか、貸してはだめだというのはわかりますな」

「それは金の声ではなく、商いの勘だろう」

左馬介が肩をすくめた。

「ところで、左馬介さまは賭場《とば》には」

分銅屋仁左衛門が今思いついたとばかりに訊いた。

「いかぬな。喰《く》うのに精一杯だと、博打なんぞしたいとも思わぬ」

「この金を増やせば、贅沢《ぜいたく》ができるとお考えには」

「ならなかったな。この金があれば米がどれだけ買えると考えてしまう。吉原での豪遊のことよりも、晩飯がいつまで食えるかどうかが、大事だ」

左馬介が表情を引き締めた。

「堅いお方だ」

分銅屋仁左衛門が感心した。

「お仲間にはいらっしゃいませんでしたか、博打場へ出入りなさるお方は」

「いたな」

問われた左馬介がうなずいた。

「そのお方とお話はできますかね」

「無理だな」

分銅屋仁左衛門の求めに、左馬介が首を横に振った。

「博打にはまった者は、皆、死んだ」

「全員が……」

「ああ。拙者の知っている連中は。博打ですって喰えなくなって飢え死にした者、勝って博打場を出たところで襲われて殺された奴《やつ》、金がなくなって強盗に墜《お》ちて町奉行所に捕まった男……」

驚く分銅屋仁左衛門に、左馬介が指を折った。

「そこまでご存じで、諫山さまは博打場へ出入りなさっていない」

詳しすぎると分銅屋仁左衛門が首をかしげた。

「人足仕事に行くとな、そういった話が聞こえてくるのよ。あいつの顔を見ないが、どうしているとな」

左馬介が説明した。

「ふむ。人足仕事、つまり日雇いのお仕事でございますな」

「毎朝仕事を求めて、普請場《ふしんば》へ通うのが浪人の生きる術《すべ》で」

分銅屋仁左衛門の確認に、左馬介が首肯した。

「朝は、いつごろに」

「基本は、早い者勝ちゆえ、夜明けとともに長屋を出ていた」

左馬介が思い出した。

「なるほど、なるほど」

分銅屋仁左衛門が首を上下させた。

「諫山さま、お仕事を一つお願いできますか」

「雇われておるのだ。なんでも命じてくれればいい。御法度はもう勘弁だが」

声をかけられた左馬介が、笑い顔を浮かべた。

「大事ございませんよ。ちと人を探していただきたいだけでございますから。人足場へ行っていただき、仕事にあぶれた連中のなかから、博打場に出入りしている者を連れてきてくださいな」

「……お薦《すす》めできぬぞ。博打場に出入りしている者などろくでもない」

分銅屋仁左衛門の求めに、左馬介が渋い顔をした。

「そのろくでもない者が要るのでございます」

重ねて分銅屋仁左衛門が指示した。

「田沼さまのご要望にお応《こた》えするため……」

「はい」

分銅屋仁左衛門が強くうなずいた。

「……当たってみよう」

左馬介が引き受けた。


高橋外記がいなくなった会津藩は、騒動になっていた。

「どこから出た」

「なぜ、閉門を申しつけておかなかった」

門番から高橋外記を叱《しか》った江戸家老次席の井深まで、責められていた。

閉門を命じられると住居から本人が出入りすることは許されない。基本、横目付配下の小者が、六尺棒を持って見張りに立ち、人の出入りを禁じる。

また、閉門となるとただちに門番たちへ、その旨が通達され、高橋外記は屋敷を抜け出せても、門で止められた。

「そんなことはどうでもよいわ。責任は高橋外記を捕らえてから取らせればいい」

筆頭江戸家老が騒ぐ家中《かちゆう》を叱りつけた。

「あやつは留守居役ぞ。藩の秘事にも詳しい。それが忠誠を捨てたのだ。どこでどのような話をするかわからぬ。要らぬことを口走る前に……」

「………」

高橋外記の捕縛を命じられた者たちが息を呑んだ。筆頭江戸家老の言わんとしたことが、高橋外記の口封じだとわかったからであった。

「吉原からどこへ逃げたかだ」

責任を取って次席家老を辞さなければならないと覚悟をした井深が腕を組んだ。

「吉原から浅草は近《ちこ》うござる。あの両替商へ行ったということは」

横目付の一人が問うた。

「それはない。分銅屋におる諌山が許すまい」

井深が否定した。

「諌山……先々代さまのときに人減らしで暇を出された諌山でございまするか」

初めて聞いたと横目付が井深を険しい目で見た。

横目付は、幕府でいう目付にあたる。家中のことはできるだけ知っていなければならない立場であった。

「とっくに藩を離れた者ゆえ、報告せずともよいと判断した」

「ですが、それが今回の騒動のもととなったのでございましょう」

正論の井深に、横目付が反論した。

「それは、今になって言えることである」

井深が己《おのれ》に責任はないと逃げた。

「すべてをお聞かせいただきますよう。どこに高橋の手がかりがあるかわかりませぬゆえ」

「……わかった」

横目付の要求に、井深が従った。

「……諫山に下手人の疑いが……」

聞いた横目付が苦い顔をした。

「そうではないと南町奉行さまもお認めになられている。なにより、そのような輩《やから》を分銅屋ほどの大店が雇い入れるはずもないし、田沼さまがお屋敷へ出入りさせるはずはない」

「……いや、下手人の疑いが一時とはいえかかったとあらば、当家としてはかかわりを持つわけには参りませぬ」

左馬介に問題はないと告げた井深に、横目付が強く首を横に振った。

大名というのは、名を大事にする。世間に後ろ指をさされたり、笑われたりしてはならないのだ。

そのため、家中の者が隠しきれない罪や、不名誉なまねをした場合は、後追いですでに藩から追放していたとして対外の面目を保つ。

　また、周囲もそれを受け入れる。

「何々家の者であるぞ」

　たとえ、衆人環視のもとで主家の名前を出したとしても、一切かかわりないで押し通す。それが大名、旗本といった者であった。

　その大名のなかでも将軍に近い会津松平家となれば、注目も浴びやすい。その会津松平家が旧臣とはいえ、下手人と目された者に出入りを許すなど、どのような非難を浴びるかわからなかった。

「だが、諫山に接触せぬのならば、高橋の行動を探るのは難しいぞ」

「なりませぬ」

　井深の懸念《けねん》を横目付は一蹴《いっしゅう》した。

「そのような胡乱《うろん》な浪人に頼らずとも、我らの力だけで十分でござる」

　横目付が言い放った。

「……………」

罪人の探索追捕において、横目付は専門職である。たとえ次席家老といえども、口出しをするのはまずかった。

「一同」

横目付が、井深から目を配下たちへ移した。

「吉原を追われた高橋の立ち寄り先は、さほど多いわけではない。菩提寺《ぼだいじ》、深川《ふかがわ》などの遊郭、留守居役としてつきあいのあった料理屋などを探れ」

「留守居役としてつきあいのあった他家の方々のところはよいのでございまするか」

横目付の指示に、配下がそっちはいいのかと問うた。

「大丈夫だ。すでに高橋の放逐は他家にも報せた。たとえ今、匿《かくま》っていても追い出すだろう」

通知が来てからもまだ高橋外記を匿い続けるならば、それは会津藩への敵対を宣言したも同じである。そして、会津藩にそのような対応を取れるのは、大廊下詰めの御三家、越前松平家、加賀前田家くらいであった。

「では、行くぞ」

横目付が腰をあげた。

「……諫山と直接遣《や》り取りをするのはまずかろうが、分銅屋ならば問題あるまい。このままでは会津は、田沼さまに嫌われたままになる」

残された井深も席を立った。

水戸家留守居役但馬久佐は、供を連れて分銅屋を目指していた。

「思ったよりも店構えは小さいの」

但馬久佐が分銅屋を見て、つぶやいた。

「太郎兵衛《たろべえ》」

「はっ」

言われた供の家士が、先触れに駆けていった。

「さて、どのように話を始めるかの」

一人になった但馬久佐が顎《あご》に手を当てた。

「御三家のご威光で押し通すのは、悪手《あくしゅ》である。分銅屋と田沼さまは繫《つな》がっている。田沼さまのご機嫌を損じるのは、上様に嫌われるに等しい」

留守居役は権力の流れの変化に敏感でなければ、務まらない。但馬久佐は、田沼意次が近いうちに権力を握るだろうと考えていた。

「最初はお手並み拝見とするか」

水戸家が窮迫していることを、江戸の商人で知らない者はいない。藩の外交を担う留守居役が、商家と交渉することはままある。人と人とのつきあいこそ留守居役の本分であった。

但馬久佐が、分銅屋へ借財を申しこんで、分銅屋がどのような対応を見せるか。それ次第によって、どうするかを決める。

「金を貸してくれと申しこんでも不思議ではなかった。分銅屋、そなたは敵か、味方か、どちらを選ぶ」

臨機応変できてこそ、留守居役であった。相手の顔色、声の調子などからどのように話を動かすか、そこで藩の利益を得るようにしなければならないのが、留守居役に手慣れた壮年の藩士が多い所以《ゆえん》であった。

「お待ちしておりまするると」

先触れに出ていた供が戻ってきて告げた。

「ご苦労であった。では、参ろうぞ」

但馬久佐が足を踏み出した。

〈つづく〉

時代小説文庫
う9-9

日雇《ひやと》い浪人生活録《ろうにんせいかつろく》九 金《かね》の色彩《いろ》

著者 上田秀人《うえだひでと》

2020年5月18日第一刷発行

発行者 角川春樹

発行所 株式会社 角川春樹事務所
〒102-0074 東京都千代田区九段南2-1-30 イタリア文化会館

電話 03(3263)5247[編集] 03(3263)5881[営業]

印刷・製本 中央精版印刷株式会社

フォーマット・デザイン&シンボルマーク 芦澤泰偉

ISBN978-4-7584-4336-4 C0193

http://www.kadokawaharuki.co.jp/[営業]
fanmail@kadokawaharuki.co.jp[編集] ご意見・ご感想をお寄せください。